*Tant que
vous penserez à moi*

EMMANUEL BERL
JEAN D'ORMESSON
de l'Académie française

Tant que vous penserez à moi

Bernard Grasset
Paris

Tous droits de traduction, de reproduction et d'adaptation
réservés pour tous pays.

© *Éditions Grasset & Fasquelle, 1992.*

E. Berl-J. d'Ormesson / Tant que vous penserez à moi

Emmanuel Berl est né à Paris en 1892. Par son père, il descend d'une lignée d'industriels lorrains fabricants de lits; par sa mère, il est apparenté à Bergson qui corrige ses dissertations de philosophie du lycée Condorcet. Dans Sylvia, récit autobiographique, Berl décrira ce milieu familial de grands bourgeois israélites libres-penseurs et férus d'humanisme. Un tel environnement laissera à sa précoce curiosité intellectuelle toute liberté de s'épanouir et de s'exercer, voire de se disperser. Lorsqu'on demande au jeune Emmanuel Berl âgé de douze ans ce qu'il compte devenir, il répond déjà: «Un grand esprit!» Sa jeunesse est malheureusement tôt assombrie par des deuils successifs, mort de son père, mort de sa mère, mort de son cousin Henri Frank, brillant normalien et poète distingué par Anna de Noailles, emporté par la tuberculose à l'âge de vingt-trois ans.

Seul au monde, assuré du confort matériel par le tuteur qui gère son héritage, Berl se consacre à l'étude et aux voyages. Il prépare un mémoire sur Fénelon. Ce choix de Fénelon qu'il a fait un peu par hasard aura sur sa pensée une influence déterminante et Berl s'enorgueillira toute sa vie d'être un fénelonien. *Peu avant qu'éclate la guerre de 14, il se rend à Berne pour y suivre les cours de Husserl alors tout à fait inconnu en France et que les existentialistes feront découvrir trente ans plus tard. Il accompagne Anna de Noailles dans un voyage en Allemagne, il fréquente Barrès et Léon Blum ; il fait la connaissance de Proust.*

Pendant la guerre, il est envoyé au front en dépit de sa mauvaise santé. Cette expérience horrifiante achève de faire de lui un pacifiste acharné, conviction qui expliquera plus tard sa prise de position en faveur de Daladier et des accords de Munich.

En 1915, un obus qui explose à quelques mètres de lui l'enterre avec la lettre qu'il est en train de lire, une lettre de soixante-cinq pages que lui a envoyée Proust, sur le thème de l'amitié. Réformé à la suite d'une rechute tuberculeuse, Berl séjourne sur la Côte d'Azur et en Suisse. Les médecins ne lui laissent que peu d'espoir. Pourtant, il guérit peu à peu.

Témoin passionné et curieux, jetant sur le monde contemporain un regard perspicace et parfois visionnaire, Berl, dans les années vingt, fait œuvre de journaliste et d'essayiste. Collaborateur d'Henri Barbusse à Monde *et de Jean Guéhenno à* Europe, *il fonde, en 1927, avec son ami Drieu La Rochelle, le journal* les Derniers Jours. *L'incompatibilité de leurs options respectives les éloignera bientôt l'un de l'autre et, en 1932, Berl prendra la direction de l'hebdomadaire de gauche,* Marianne. *En 1929, il publie* Mort de la pensée bourgeoise *suivi en 1930 de* Mort de la morale bourgeoise, *pamphlets qui préfigurent déjà tout à la fois l'existentialisme et le courant de pensée de Mai 1968.*

Au regard de cette manière d'engagement, les positions que défendra Berl dans Pavés de Paris, *à partir de 1937, paraîtront déconcertantes : il se déclare opposé à toute intervention dans la guerre d'Espagne et prédit la victoire de Franco. En 1938, il applaudit aux accords de Munich. Certains, comme Aragon, ne lui pardonneront pas non plus d'avoir rédigé les premiers discours du maréchal Pétain. La formule célèbre « Je hais les mensonges qui vous ont fait tant de mal » est en effet d'Emmanuel Berl.*

Mais cette période vichyste dure peu. Dès 1941, Berl se réfugie en Corrèze et travaille à son Histoire de l'Europe. *Sa retraite n'est interrompue que par la visite de quelques amis, Malraux, Bertrand de Jouvenel ; il les reçoit en compagnie de la chanteuse Mireille qu'il a épousée en 1937 et qui partagera sa vie jusqu'à la fin.*

Après-guerre, Berl publie des essais et des récits : Sylvia *(1951),* Présence des morts *(1955), la* France irréelle *(1957), les* Impostures de l'histoire *(1958),* Rachel et autres grâces *(1965),* Virage *(1972), autant de chefs-d'œuvre d'intelligence où la pénétration souvent fulgurante de l'analyse, la précision et la richesse de l'évocation – lorsqu'il s'agit de récits –, sont servis par un admirable style classique. « Dieu m'a condamné à récrire tous mes livres, disait avec humour Emmanuel Berl, j'aurais dû faire comme Gide et m'acheter tout de suite une patente de grand écrivain. »*

Lorsqu'il mourut en 1976, l'œuvre d'Emmanuel Berl était encore peu connue du grand public, mais elle lui avait valu, parmi les écrivains, nombre d'admirateurs fervents. L'un d'eux, Patrick Modiano, allait contribuer à la faire plus largement découvrir en publiant des entretiens avec Emmanuel Berl, sous le titre Interrogatoire.

Au printemps 68, sur fond d'une amitié récente, mais vive et sûre, Emmanuel Berl, 75 ans, reçoit Jean d'Ormesson, de plus de trente ans son cadet. La conversation de Berl tournoie, ses idées fusent, s'envolent. Jean d'Ormesson joue un peu les aiguilleurs du ciel ; plus complice que disciple, il conseille d'atterrir, indique où redécoller. Cette amitié intellectuelle génère l'extraordinaire densité de ce recueil d'entretiens paru pour la première fois en 1992. Tant que vous penserez à moi, *ouvert et généreux comme les questions qui l'animent, mêle bien des genres : l'autoportrait d'un « juif laïc », les mémoires d'un témoin essentiel et les réflexions d'un intellectuel qui traversa le XX*^{e} *siècle en irréductible indépendant. L'auteur de* Mort de la pensée bourgeoise *délivre son état civil et retrace sa généalogie intellectuelle, s'attardant sur Bergson et le quiétisme de Fénelon. Bientôt des silhouettes s'agitent, Anna de Noailles, Barrès, Romains, Barbusse. C'est que Berl a connu la plupart des écrivains et des artistes de la première moitié du XX*^{e} *siècle, parfois intimement. Proust qui voulait lui « enseigner les vérités » finit par lui lancer ses pantoufles au visage. Cocteau fut son voisin et ami. Le solitaire Drieu La Rochelle ne fut que son ami. Il flirta aussi du côté du surréalisme avec Aragon aux « moyens littéraires si monstrueux » et Breton avec lequel il partagea une maîtresse. Sceptique, Berl ne croyait ni à l'identité personnelle ni aux « morales absolues ». Son intelligence, son activisme de l'intelligence, se déployait verticalement, indifférent aux contradictions. Pacifiste en 14, « munichois très désespéré » en 38, nègre de Pétain en 40, il s'affirme en 1968 « homme de gauche », « pas sûr d'être socialiste » mais « tout à fait sûr de ne pas être progressiste ». Cette défense de la nuance, c'est tout Berl. Rien ne se dirait si finement, si profondément, sans l'attention et l'érudition de Jean d'Ormesson. Incisif et curieux, il suscite, passionne, oblique l'échange. Comme au tennis, il sert. On a à peine le temps de changer de côté qu'une autre idée jaillit, sous un angle inédit. Les deux hommes montent à la volée. Il faut les entendre s'écharper gentiment à propos de Sylvia, de l'amour réel, de l'amour rêvé.*

Nous étions donc en 1968. Cette année-là, Jean d'Ormesson avait déjà publié Au revoir et merci *et travaillait à l'un de ses plus beaux romans,* La Gloire de l'Empire. *A 75 ans, Berl voyait tranquillement venir sa mort, sa dissolution dans le néant. Si « l'intelligence ne sert à rien », elle n'est pas soluble dans le néant. « Je ne serai pas tout à fait mort tant que vous penserez à moi. » Comment désormais ne pas penser à Berl – avec Berl – que ce livre arrache à la mort.*

Théodore tel que l'on aime

Je n'aime pas beaucoup les souvenirs : j'oublie. Je n'aime pas beaucoup les lettres : je les perds. Mais je me souviens de Berl et de la première lettre que j'ai reçue de lui. J'avais écrit un livre, je ne sais plus très bien lequel – peut-être *Au revoir et merci*. Une lettre interminable, une bonne dizaine de pages, je crois, m'était parvenue par le courrier. Elle m'avait épouvanté par sa longueur et par son intelligence. Elle était signée Emmanuel Berl. J'avais lu *Sylvia, Rachel et autres grâces* et, avec une sorte de passion, *Mort de la pensée bourgeoise*. La lettre me parlait de Proust, de la littérature en général et de la communication entre les êtres. Je l'ai gardée dans ma poche pendant deux ou trois semaines. Je réponds assez vite aux jeunes filles et aux fous. J'ai du mal à répondre aux autres. Je me rappelle une lettre de Malraux qui m'avait fait plaisir. Je l'avais rangée avec tant de soin que je l'avais égarée. Et Malraux est mort sans que je l'aie remercié. Pour des motifs invincibles et obscurs, il m'était impossible d'écrire le moindre mot à Emmanuel Berl. J'ai pris mon courage à deux mains et je lui ai téléphoné. Il m'a dit de venir le voir dans son appartement de la rue Montpensier, sur les jardins du Palais-Royal. C'était le début d'une amitié. Et de visites sans fin.

J'arrivais. Je sonnais. Une dame m'ouvrait, amicale, petite et vive. C'était Mireille. Je n'en revenais pas. Je ne savais rien. Quoi ! Mireille ! Est-ce que c'était, par hasard, la Mireille des chansons ? « Couchés dans le foin, avec le soleil pour témoin... » m'était aussi familier que : « Ils sont arrivés, se tenant par la main... » ou : « C'est un jardin extraordinaire... » ou : « Ah ! si vous connaissiez ma Pomme... » ou : « J'ai vu toute l'Andalousi-i-e, berceau de poési-i-e et d'amour... » Mireille me disait quelques mots, me parlait quelquefois de son Petit Conservatoire, où elle était très contente d'une débutante qui s'appelait Françoise Hardy, et me menait chez Théodore.

Je n'ai jamais su – il faudra que je lui demande – pourquoi Mireille appelait son mari Théodore. Je n'ai jamais su non plus, et je crois que Lise, sa femme, ne le sait pas elle-même, pourquoi Louis Farigoule avait pris le nom de Jules Romains. Théodore m'attendait dans sa chambre. Il était étendu sur son lit où il fumait, l'un sur l'autre, de petits cigares de la marque Panter. Il était, le plus souvent, vêtu d'un pyjama. Et je l'ai vu, plus d'une fois, n'en porter que la seule veste. Avant même que je m'asseye, il se mettait à parler.

« Je parle avec Malraux, me disait-il. Et je parle avec vous. » C'était très exagéré. Ou plutôt, c'était très exact. Il parlait. Et je me taisais. Je jouais à peu près, avec Berl, le rôle de l'interlocuteur dans les dialogues de Platon. Je disais : « Oui » ou « Bien sûr » ou « Comment en serait-il autrement ? » Il parlait. Il parlait inlassablement. Et tout ce qu'il disait était éblouissant. La conversation – à sens unique – de Berl ressemblait à un tableau impressionniste. Il parlait par petites touches, par notes serrées, dans un désordre apparent. Je me disais aussi, parfois, que ce flot ininterrompu de souvenirs et d'images prenait des allures de psychanalyse. Ce sentiment était encore accentué par l'attitude d'Emmanuel, étendu sur son lit comme sur un divan d'analyste. Il parlait son enfance, sa jeunesse, ses amis, ses amours. Il parlait surtout ses idées. Il vivait avec elles comme Diderot, comme Valéry. Il avait, en moins farouche et en plus policé, des côtés du neveu de Rameau. C'était un Valéry qui aurait fui les honneurs et les académies.

Je m'indignais souvent de voir cet homme exceptionnel aussi peu reconnu par les institutions. Il me calmait aussitôt. C'était le genre de souci qui n'avait aucune importance et qui ne le tourmentait point. Il avait côtoyé tout ce qui comptait dans le siècle, il avait dirigé un grand journal, il aurait pu aspirer à toutes les sortes d'honneurs, mais il s'en fichait bien. Il n'y avait, dans son retrait, pas la moindre trace d'amertume. Il était si intelligent que sa vie, sur laquelle il ne cessait de revenir, ne l'occupait presque pas. Il était merveilleusement engagé dans ce monde où tout l'intéressait et merveilleusement dégagé de cette vie dont il ne se souciait guère. Je me demandais parfois comment il se débrouillait avec ses passions. Il comprenait ses adversaires mieux, la plupart du temps, qu'ils ne se comprenaient eux-mêmes. Il ne laissait jamais ses sentiments l'emporter sur sa raison, mais il n'était pas dépourvu de sensibilité, d'amitié, d'affection. Il avait aimé des femmes, et des femmes l'avaient fait souffrir, mais il était si habitué à se retourner sur lui-même que sa douleur, j'imagine, devait finir par l'amuser et par l'intéresser.

Il n'y avait rien de bas, chez Berl. Il avait partagé une femme – elle s'appelait Suzanne, je crois – avec André Breton et des scènes de vaudeville, avec départ et retour et billets et quiproquos, s'étaient déroulées entre eux trois. Elles prenaient, dans sa bouche, une espèce de dignité. C'était un seigneur très pauvre. Je m'interrogeais souvent, sans jamais oser lui en parler, sur ses moyens d'existence. Mais il ne dépensait presque rien : pyjamas, peut-être, et petits cigares. Les femmes n'avaient pas dû lui coûter très cher. Il était follement séduisant.

Cette intelligence, cette liberté, cette séduction l'avaient entraîné dans les aventures les plus invraisemblables. Je ne savais pas, au début de ce qu'il faut bien appeler notre amitié, que Mireille, la chanteuse à la voix de bonbon anglais –

« Ta voix, ô Reichenbach, est un bonbon anglais
Qu'on suce avec l'oreille... » –

était la femme de Théodore. Je ne savais pas non plus que Berl était le nègre de Pétain et le véritable auteur de ses premiers discours – si beaux – après l'effondrement de juin 40.

Lorsque j'entendis dire que Berl avait écrit les discours du Maréchal, je crus d'abord qu'il s'agissait d'une plaisanterie, d'un mensonge, d'une calomnie, d'une erreur. Je lui parlai de l'affaire avec une sorte d'inquiétude. Il ne marqua pas la moindre gêne ni la moindre hésitation. Oui, bien sûr, c'était lui, un juif, et plutôt de gauche, qui avait écrit les premiers discours du maître de Vichy. Il fallait bien, c'était tout simple, faire quelque chose dans ce désastre et ce qu'ils écrivaient à Vichy était tellement mauvais que l'envie de les corriger et de travailler à leur place devenait irrésistible. Oui, bien sûr, « la terre, elle, ne ment pas » et « les mensonges qui vous ont fait tant de mal », c'était de Théodore. C'était assez bien, n'est-ce pas ? Et, en plus, c'était vrai. Personne, d'ailleurs, n'a jamais songé à lui en faire le moindre grief.

Nous parlions de Pétain, de Malraux, de Léon Blum, de Proust, de l'amour, de l'Europe, dont il était l'historien. S'il s'affligeait de quelque chose, c'était de constater que ses travaux sur l'Europe étaient trop peu connus. Mais il ne s'arrêtait pas longtemps à remâcher ses griefs. Il repartait sur Herriot, sur le Front populaire, sur Gaston Gallimard et sur la pantoufle que lui avait lancée Marcel Proust parce qu'ils n'étaient pas d'accord, Proust le pessimiste malgré son génie et Berl toujours optimiste, malgré ses échecs, sur la possibilité pour les hommes de communiquer entre eux.

Un autre grand thème de Berl – et peut-être assez contestable – était, lui aussi, teinté d'impressionnisme et même de pointillisme. Il pensait qu'il n'y a, chez les êtres humains, aucune continuité et que l'enfant ou l'adolescent ne survivent guère chez l'adulte qui est tout différent, à quarante ou cinquante ans, de ce qu'il était à vingt ans. Il allait même jusqu'à soutenir qu'il n'y a aucun rapport entre les différentes activités d'un homme qui n'est jamais un tout et que celui qui est en train d'écrire, par exemple, est tout à fait différent de celui qui aime les crustacés ou qui aime une jeune fille. Berl, qui croyait si fermement à la communication entre les êtres, ne croyait pas du tout à l'identité personnelle. Il vivait dans un monde qui était à l'image de sa conversation : un monde d'atomes, séparés les uns des autres, et qui se combinent comme ils peuvent.

Quand nous avions fini de parler de Proust, du Talmud, de *Marianne*, le journal qu'il avait dirigé, et des femmes qu'il avait aimées, nous sortions tous deux. Nous nous rendions au Grand Véfour, au bout du Palais-Royal, à deux pas de chez lui, où régnait Raymond Oliver. Raymond Oliver avait pour Emmanuel Berl une espèce de dévotion. La table dans le coin de gauche, en entrant, était en permanence réservée à mon bon Maître. Nous nous installions en continuant à parler. Raymond Oliver passait nous voir, nous échangions quelques mots, il nous proposait un menu que Berl acceptait aussitôt. J'ai passé là, avec Berl, sous les yeux d'Oliver, sur des banquettes rouges hantées par d'illustres séants dont les noms étaient gravés sur des plaques d'argent, quelques-unes des heures les plus enivrantes de ma vie.

La cuisine était délicieuse, le décor était ravissant. Mais, surtout, Berl me parlait. J'avais l'impression qu'il ne me considérait pas comme indigne des trésors de subtilité qu'il déversait en moi. Je l'admirais. Je l'aimais. Il prenait place dans le panthéon de ceux qui me donnaient confiance en me faisant confiance. Il y avait eu Bidault, Julliard, Lazareff, Caillois. En attendant Aron et Malraux, Berl me parlait comme si J'avais fait quelque chose. Je n'avais rien fait du tout, ou presque rien. Il me semble que l'amitié de Berl m'a permis d'attendre, sans trop de souffrances, le moment où j'essayerais de sortir enfin de ma torpeur et de mes épouvantements. Il m'a un peu soulevé au-dessus de moi-même. C'est le plus beau et le plus grand service qu'un maître puisse rendre à un disciple.

J'étais assez peu disciple. Il était très peu maître. Il était un ami un peu plus vieux qui s'entretenait avec moi. Ce n'était la faute de personne, ni la sienne ni la mienne, s'il en savait plus que moi et s'il parlait tout le temps. L'idée lui vint un jour de mettre un peu en ordre toute cette limaille de fer et d'or répandue entre nous et de la rassembler en volume. Différentes circonstances – et la moindre sans doute n'était pas ma paresse – firent que ce volume d'entretiens ne vit jamais le jour. C'est Patrick Modiano qui, sous le titre *Interrogatoire* suivi de : *Il fait beau, allons au cimetière* – une des formules familières de la mythologie de Théodore –, allait réaliser le projet et faire connaître au grand public la silhouette élégante, nonchalante, un peu nostalgique et étincelante du plus parisien des ermites. Je ne cultive pas les regrets. N'avoir pas été, par ma faute, le confident d'Emmanuel dans un ouvrage imprimé, en a longtemps été un. Et aussi presque un remords. Je me consolais, bien entendu, en lisant Modiano qui avait, mieux que moi, rendu justice et hommage au sage mélancolique, et pourtant si moderne, de la rue Montpensier. N'empêche... C'est dire la gratitude que je garde à Manuel Carcassonne qui a réparé ma faute en allant dénicher dans les archives de l'INA le texte d'entretiens radiophoniques qui s'étaient déroulés au cours de l'année 1968 – au début du joli mois de mai – et que j'avais presque oubliés.

Je le revois, tout à coup, d'humeur toujours égale, la voix un peu traînante, le petit cigare à la main, les yeux tournés vers le passé, et soudain vers l'avenir, en train de parler devant moi. Il étouffe des rires sourds, il passe du grave au comique, il démonte la comédie, il transforme l'existence en une espèce de jeu divin dont il aurait compris tous les rouages. Je n'ai pas connu Proust. Je n'ai pas connu Gide. J'ai trop peu connu Valéry. Ne s'arrêtant à rien, toujours un peu au-delà, mélancolique et gai, de l'audace la plus folle, et pourtant plein de tendresse pour ce monde percé à jour, il était, à mes yeux, l'image même de l'intelligence. Je le trouvais beau. Je l'aimais.

Jean d'ORMESSON.

I

Un juif laïc au début du siècle

JEAN D'ORMESSON. – *Emmanuel Berl, qui êtes-vous ? Si nos lecteurs pouvaient vous voir, ils vous verraient de taille moyenne mais paraissant grand, de beaux cheveux blancs, un visage plutôt long, une santé sans doute délicate, un bel appartement sur le jardin du Palais-Royal...*

EMMANUEL BERL. – Oui enfin, deux pièces !

J. O. – *Mais tout cela n'est qu'une apparence. Ce que vous êtes avant tout, c'est un intellectuel. Il y a sans doute beaucoup d'écrivains, de poètes contemporains qui sont plus connus du public.*

E. BERL. – Il y en a même pas mal.

J. O. – *J'imagine que Mauriac, Aragon, Malraux ont une œuvre qui est plus répandue et plus célèbre, je crois, que la vôtre. Mais vous avez une qualité que tous vous reconnaissent : c'est l'intelligence.*

E. BERL. – L'ennui, c'est que ça ne sert à rien.

J. O. – *C'est la définition de l'intelligence, mais cette qualité-là, vous l'avez plus que personne. Vous êtes né il y a quelque soixante-dix ans...*

E. BERL. – Quinze, quinze !

J. O. – *Au mois d'août, sous le signe du Lion...*

E. BERL. – Oui, doublement : ascendant Lion.

J. O. – *Et pendant ces soixante-dix ou soixante-quinze années, vous avez participé très profondément et très brillamment à la vie intellectuelle française. Ce que je voudrais vous faire dire au cours de ces entretiens, c'est comment vous avez vu se développer et évoluer la vie intellectuelle de la France pendant trois quarts de siècle.*

E. BERL. – Vaste programme, comme dirait le général de Gaulle. Je dois d'abord me situer, si vous voulez bien : mon grand-père et mon père étaient des industriels. Ils faisaient des lits en fer et en cuir. Mais j'ai néanmoins été élevé dans un milieu très intellectuel. Ma mère, elle, n'aimait pas les choses qui n'étaient pas les choses de l'esprit. Mon oncle, Emmanuel Lange dont je portais le nom, a été élève de l'Ecole normale, il préparait son agrégation de philosophie. Il est mort de tuberculose à vingt-trois ans. D'autre part, mon cousin Henri Franck[1] a fait comme lui. C'était un garçon

---

1. Henri Franck (1888-1912).

prodigieusement doué, qui avait quatre ans de plus que moi, que j'ai admiré avec une espèce de passion, qui est mort lui aussi normalien, en train de préparer son agrégation, ayant fait un stage avec Chartier, après avoir publié un livre qui s'appelle *La Danse devant l'Arche*.

J. O. – *Vous voulez parler du philosophe Alain*[1] *?*

E. BERL. – Oui. On a un peu oublié Henri Franck, mais il a eu son moment de grande célébrité. C'était un ami très intime d'Anna de Noailles qui, d'ailleurs, a reporté sur moi, par piété, une partie de l'affection qu'elle avait pour lui. D'autre part, il était très barrésien. J'ai connu donc Barrès assez jeune.

J. O. – *C'est ça. Je crois que ce qui frappe d'abord dans votre vie, c'est le nombre de gens que vous avez connus. Tout ce que la France a compté d'écrivains, de poètes, d'artistes pendant cette première moitié du XXe siècle, vous les connaissiez presque tous intimement.*

E. BERL. – Oui. J'étais aussi environné de médecins, en particulier de la famille Reclus ; j'ai connu très bien Paul[2] et Onésime Reclus[3], j'ai même épousé la nièce[4] de M. Paul Reclus pendant un certain temps, et mon

---

1. Il s'agit d'Emile Chartier, dit Alain (1868-1951).
2. Paul Reclus (1847-1914). Médecin et professeur de chirurgie à l'Hôtel-Dieu, dont les recherches portèrent entre autres sur l'utilisation de la cocaïne comme anesthésique local.
3. Onésime Reclus (1837-1916). Géographe, il publia *La France et ses colonies*. Paul et Onésime sont les frères d'Elisée Reclus.
4. Il s'agit de Mme Jacqueline Bordes.

oncle Alfred Berl, d'autre part, qui m'a servi de tuteur, qui s'est occupé de moi quand mon père ne le pouvait plus, c'est-à-dire à partir du moment où j'ai eu douze ans, était un ami très intime de Fernand Labori [1] et d'André Berthelot [2] André Berthelot a dominé mon adolescence parce qu'il était omniscient, très gentil mais assez dur. Quand j'avais treize ou quatorze ans, il m'a demandé de lui faire le plan des batailles de Gengis Khan et il s'est scandalisé de ce que je ne puisse pas le faire de mémoire.

J. O. – *André Berthelot était le fils de Berthelot le chimiste, et le frère du secrétaire général des Affaires étrangères du Quai d'Orsay qui était le grand ami de Giraudoux et de Saint-John Perse. Toute la famille Berthelot constitue une partie des personnages de* Bella.

E. BERL. – Oui. La *Grande Encyclopédie*, dont on a tiré le dictionnaire Larousse, c'était André Berthelot qui l'avait faite jusqu'à la lettre F. Il était d'un savoir monstrueux. J'ai connu aussi Victor Basch [3] et Meyerson par exemple, avec qui mon oncle avait fait des missions. La belle-sœur de ma mère avait épousé Bergson ; j'ai vécu toute mon enfance dans l'entourage de Bergson, de Mme Bergson, j'ai été jouer à leur villa de Montmorency, et quand j'ai fait ma philosophie, Bergson corrigeait mes devoirs.

---

1. Fernand Labori (1860-1917) fut l'avocat de l'anarchiste Vaillant, d'Henri Rochefort, de Zola lors du procès de *J'accuse*, de Thérèse Humbert, de Caillaux, et de Dreyfus.
2. Fils de Marcellin Berthelot, André Berthelot fut le créateur du métropolitain et le maître d'œuvre de la *Grande Encyclopédie*.
3. Victor Basch (1863-1944), universitaire, fut le président de la Ligue des droits de l'homme. Il mourut assassiné par la Milice.

J. O. – *Emmanuel Berl, mettons un petit peu d'ordre car je crois que, peut-être, plusieurs de ces noms sont moins connus aujourd'hui qu'ils ne l'étaient il y a vingt ou trente ans. Ce que représentait ce milieu que vous dépeignez, ce milieu intellectuel, c'est essentiellement, pourrait-on dire, le milieu israélite du tournant du siècle.*

E. BERL. – Dans un sens, oui, parce qu'il y avait évidemment une intellectualité juive très forte, j'ai connu beaucoup d'universitaires juifs, Jacques Hadamard par exemple, le mathématicien dont la femme était une des meilleures amies de ma mère, et dont la mère était une des meilleures amies de ma grand-mère. Mais ce ne serait pas tout à fait exact parce que j'ai baigné aussi dans ce milieu de Monvel où il y avait beaucoup de monde, où il y avait Maurice de Monvel qui était peintre, où il y avait Bernard de Monvel qui était peintre aussi, où il y avait Félix de Monvel qui était secrétaire général des Variétés, où il y avait Mlle Cécile de Monvel qui était pianiste, et qui était d'ailleurs une cousine de César Franck. J'ai connu comme ça la fille de César Franck, de la même manière dans mon enfance et c'était une amie de Risler[1], j'ai entendu à la campagne Risler jouer du piano. D'autre part, il y avait M. Brissaud[2], un des élèves préférés de Charcot, et M. Reclus, qui a été le premier chirurgien à se servir en France de la cocaïne. De sorte qu'il ne serait pas juste de dire que toute cette intellectualité était purement juive.

---

1. Edouard Risler (1873-1929) était pianiste et professeur au Conservatoire de Paris entre 1923 et 1929.
2. Edouard Brissaud (1852-1909) était neurologiste.

Il y avait tout de même une certaine intellectualité protestante et catholique. Cela reste encore dans ce pays...

J. O. – *Quand vous aviez douze, quinze, seize ans, où en était la fin de l'affaire Dreyfus ?*

E. BERL. – Ah ! Elle était finie, bien sûr, en ce sens qu'à partir de Waldeck-Rousseau Galliffet avait dit « L'incident est clos ». Mais l'antisémitisme et l'antidreyfusisme continuaient, n'est-ce pas, dans toute la bonne bourgeoisie française. On peut dire que ça a continué jusqu'à la guerre. Alors des cris de « A bas les juifs », « Mort aux juifs », etc., j'en ai beaucoup entendu, j'ai eu beaucoup de camarades au lycée pour me le dire, on s'est fichu des coups de poing, cela s'est fini par des amitiés d'ailleurs. Mais c'était néanmoins un cri en quelque sorte normal. La plupart des journaux français, même, étaient ouvertement antisémites. Pensons à Léon Daudet. A ce moment-là, curieusement, on reprochait aux juifs leurs liens avec l'Allemagne, on les trouvait trop pro-allemands. Après, on les a trouvés trop pro-anglais.

J. O. – *Nous verrons d'ailleurs peut-être un peu plus tard que vous êtes longtemps passé pour un juif antisémite. Il y a un mot d'Henri Torrès*[1]*, assez drôle, qui dit : « Emmanuel Berl qui, à force de se fréquenter, est devenu antisémite. »*

E. BERL. – Moi je n'ai pas trouvé ça drôle du tout.

---

1. Henri Torrès, né en 1891, était un célèbre avocat d'assises. Ancien communiste revenu gaulliste, il fut député des Alpes-Maritimes.

Vous, vous trouvez ça drôle ! Moi, j'étais furieux. Parce qu'il y a peu de livres de moi où je n'ai pas écrit que j'étais juif. Par conséquent, on ne peut pas être tout à fait antisémite quand on est juif. Maintenant si on devait parler de l'antisémitisme, je crois que l'antisémitisme est très répandu chez les juifs tout comme chez les non-juifs. La première jeune fille que j'ai demandée en mariage ne voulait pas m'épouser parce que j'étais juif. Or elle-même était juive. Mais elle ne voulait pas le rester. Je n'avais aucun moyen de l'en faire partir.

J. O. – *Et pourtant, vous n'êtes pas un juif pratiquant et votre famille n'était pas pratiquante.*

E. BERL. – Mon père et mon grand-père paternel, en aucun degré. Mon oncle, Alfred Berl, c'est assez bizarre, il ne pratiquait absolument pas, il ne savait même pas ce que c'était, et pourtant, il s'est tout de même beaucoup occupé des juifs, d'abord avec l'affaire Dreyfus, puis en organisant des missions pour essayer de diminuer les pogroms en Russie, précisément avec M. Meyerson dont vous me faites craindre que le nom ne soit tout à fait oublié. Mais enfin c'était un philosophe important. Il a fait une revue dont je me souviens pour la défense des juifs opprimés. Cela dit, il n'a, à ma connaissance, jamais mis les pieds dans une synagogue. Mais c'est une particularité aussi du judaïsme de l'époque. J'ai tout de même vécu quelques aspects un peu moins athées en fréquentant la famille du rabbin Zadoc Kahn, celle du rabbin Debré, celle du rabbin Israël Lévi qui, professionnellement, étaient enclins à un peu plus de douceur en ce qui concernait le rationalisme et l'athéisme.

J. O. – *Alors, Emmanuel Berl, en quelques minutes, en parlant de ce milieu intellectuel si caractéristique d'où vous sortez, vous avez déjà prononcé les noms de Bergson, de Meyerson, de Basch, de César Franck, de Mme de Noailles. Baignant dans ce milieu, quelle a été, tout de suite, la direction de votre vie? Je crois qu'il y a eu là, vous l'expliquez dans plusieurs de vos livres, une certaine opposition entre les deux côtés de votre famille : votre père Berl et votre mère Lange.*

E. BERL. – Ce n'est pas une opposition de famille, parce que mon oncle Alfred Berl était lui aussi très intellectuel, et il me reprochait même, quand j'avais quatorze ou quinze ans, d'aimer ce qui brillait. Mais ma mère avait, elle, horreur de ce qui brillait. Elle n'a aimé que les universités, elle aurait voulu que je fasse du sanskrit, que je m'enferme dans une petite bibliothèque jusqu'à ce qu'on me nomme professeur au Collège de France. Et que d'abord j'aille à l'Ecole normale, ce qui pour elle était, comment dirais-je, ce que devait faire « un garçon bien ». Or, je n'ai pas voulu être normalien car, comme mon oncle et mon cousin y étaient morts, j'ai eu l'idée que ce n'était pas tellement sain. J'ai eu une espèce de répugnance. J'ai donc accentué le côté de mon père qui, lui, aimait beaucoup la vie, aimait l'argent, aimait les jouissances, les restaurants, les filles, tout ce que vous voudrez, les chevaux – il avait même une petite écurie de courses, et m'a obligé à monter un de ses chevaux, ce qui ne m'a pas réussi du tout. Mon père aimait la belle vie de la Belle Epoque. Et ma mère en avait horreur. Ma mère ne voulait pas se regarder dans la glace quand elle s'habillait.

J. O. – *Il y a d'ailleurs chez vous, il semble qu'il y ait toujours, cette opposition entre la vie et l'intelligence. Il semble que tout ce qui est donné à l'une est pris à l'autre. Qu'elles ne peuvent pas croître en même temps, qu'il y a une certaine hostilité et un certain choix irréductible entre vivre et comprendre.*

E. BERL. – C'est-à-dire que j'ai eu des complexes très forts parce que ma mère et ma grand-mère vivaient dans le culte des morts. J'ai considéré que je remplaçais mon oncle Emmanuel Lange, lequel était infiniment supérieur à moi. J'ai cru que les vivants étaient moins bien que les morts, que la vie était en effet quelque chose d'assez poisseux, assez baveux, assez purulent et qu'en effet il vaudrait mieux ne pas trop l'aimer. Alors, il y a eu chez moi, toujours, une espèce d'hostilité en même temps que d'attrait de la vie. Il y a là une espèce de division que, malgré mon grand âge, en fin de compte, je n'ai pas surmontée.

J. O. – *Je vous ai présenté comme un intellectuel, comme un rationaliste, et déjà deux fois vous avez un peu gauchi la ligne : d'un côté, vous avez insisté en disant : « je suis un Lion, ascendant Lion », et d'un autre côté vous avez laissé entendre que si vous n'étiez pas entré à l'Ecole normale, c'était un peu par superstition.*

E. BERL. – C'est certain. Je n'ai pas voulu, comme ma mère et ma grand-mère le désiraient, ressembler pleinement à mon oncle Emmanuel Lange, pour la bonne raison que, celui-ci étant mort à vingt-trois ans, je trouvais que ce n'était peut-être pas utile que je lui ressemble jusqu'au bout. En outre, je n'étais pas aussi doué que lui, je n'étais pas toujours premier en classe, et c'était plus difficile pour moi que pour lui. Il y a eu, en effet, une opposition, et d'ailleurs je ne crois pas être rationaliste, parce que pour être pleinement rationaliste, il faudrait ne pas avoir été bergsonien. Or, mon enfance, mon adolescence ont été dominées par l'auréole de M. Bergson dont on n'imagine même plus l'importance aujourd'hui. On était bergsonien comme on est aujourd'hui... je ne sais pas...

J. O. – *Structuraliste.*

E. BERL. – Oh, non ! Beaucoup plus ! Beaucoup plus ! On n'imagine pas ce qu'était la foule, la cohorte autour de Bergson au Collège de France et l'enthousiasme de tous les jeunes, et le retentissement à l'étranger. Alors, comment ne pas être impressionné ?

J. O. – *Comment était-il ?*

E. BERL. – Il était assez petit. Il avait l'air d'un oiseau. Henri de Régnier disait que c'était un oiseau qui était toujours en train de faire sa cage, de manger son riz. Et il avait une voix extrêmement prenante parce que très lente ; il pensait très lentement : c'était sa force. Moi, je pense vite, et je crois que c'est une faiblesse.

J. O. – *Vous pensez dans le discontinu et lui dans le continu, peut-être ?*

E. BERL. – Oui. Il faisait une traînée d'acide sulfurique, vous savez, c'était quelque chose de plus épais que l'huile, c'était une coulée de lave ; ses cours étaient extraordinaires, et alors, sa précision monstrueuse. J'ai suivi ses cours, qui étaient divisés par quarts d'heure.

Jamais, il n'a dépassé, d'une demi-minute, d'une seconde, des développements qui tombaient pile. Il s'exprimait sans une note. C'était un esprit entièrement maître de soi, et de sa parole, et de son écriture. Je l'ai regardé un peu comme le Bon Dieu et, quand il a fallu que je rompe avec le bergsonisme, ce fut pour moi un déchirement quasi religieux.

J. O. – *Quand suiviez-vous les cours de Bergson ?*

E. BERL. – Quand j'étais en philosophie.

J. O. – *Vous parlez de ce déchirement. Quelle a été la crise, la double crise on peut dire, qui vous a fait quitter Bergson et vous engager dans un autre cycle d'études ?*

E. BERL. – Le cycle d'études n'a pas été tellement différent de celui que j'avais commencé sous son impulsion. D'abord Bergson était assez optimiste. Vous savez, Jaurès disait « la miss » en parlant de lui ; il avait un côté jeune Anglaise vieillie, mais toute rose, faite pour monter à cheval. Alors moi, n'est-ce pas, qui ai perdu mes parents très jeune, qui ai vu la mort de mon petit frère, j'étais beaucoup moins optimiste que lui sur la nature de l'univers. D'autre part, le divorce intellectuel s'est fait sur la durée et sur l'évolution parce que j'ai passé des heures à chercher, à découvrir en moi, la durée en train de couler, et puis je n'ai jamais pu la trouver. Alors je me suis dit que peut-être il l'avait lui, mais que moi je ne l'avais pas. Et cela a entraîné des doutes sur l'évolution. Alors quand *L'Evolution créatrice* a paru, là, j'ai été tout à fait déconcerté, j'ai pensé que ça ne tenait pas debout.

J. O. – *Il est d'ailleurs très curieux que vous ayez été formé par le bergsonisme puisque, en effet, je crois, à vous lire et à vous entendre, que vous êtes vraiment l'homme du discontinu, tandis que Bergson, c'est cette coulée de lave dont vous parlez. Vous êtes un homme pour qui la durée n'existe pas en tant que telle, pour qui ce sont des stratifications successives qui font l'unité.*

E. BERL. – Absolument !

J. O. – *Et probablement étrangères l'une à l'autre...*

E. BERL. – Absolument. Je n'y crois pas du tout.

J. O. – Alors tout cela, vous l'avez compris assez vite.

E. BERL. – Une des grosses difficultés que j'ai eues avec mes contemporains tient à ce que je ne crois pas à l'évolution. Je veux bien croire à l'évolution comme François Jacob, si l'on veut dire qu'on y croit après, c'est-à-dire comme méthode de classement. Mais de là à croire que l'évolution, en tant que telle, produit quelque chose ! Qu'est-ce que c'est que cette fée qui vient tout à coup toucher une amibe et la transforme en général de Gaulle ? Qu'est-ce que c'est que ça ?

J. O. – *Parce qu'il y a des amibes qui peuvent probablement donner autre chose et qui, dès l'origine, sont des amibes prédestinées ?*

E. BERL. – J'y crois pas du tout... Comme on ne peut pas transformer une vipère en colombe et qu'on ne peut pas non plus transformer une colombe en vipère, quand on vient dire que la colombe, c'est une ancienne vipère, je trouve que ça ne signifie rien.

J. O. – *Alors vous ne croyez pas tout ce que l'évolutionnisme nous a appris ?*

E. BERL. – Ah, je n'y ai jamais cru !

J. O. – *Pourtant vous croyez quand même bien à ce que Lamarck et Darwin nous ont appris, à ce qui est accepté maintenant par tous les savants ?*

E. BERL. – Je ne crois pas que tous les savants acceptent ce que Lamarck a enseigné puisque la plupart disent que c'est faux.

J. O. – *Bien sûr. Mais le principe de l'évolution, vous l'acceptez quand même ! Je ne dis pas que l'homme descend du singe, mais qu'il y ait une filiation commune à l'homme et au singe, vous l'acceptez, ou vous ne l'acceptez même pas ?*

E. BERL. – Je suis très reconnaissant à Saussure d'avoir substitué au mot évolution le mot diachronie. Je veux bien que *père, father, padre* viennent du latin *pater*, mais je ne vois pas là une évolution, en ce sens que je ne vois pas du tout ce qu'on y a gagné : en quoi le *father* est-il mieux que le *pater* ? Ça m'échappe complètement.

J. O. – *Il n'est pas mieux, il en découle.*

E. BERL. – C'est certain. Malgré tout on avait introduit dans l'évolution la notion de progrès.

J. O. – *C'est toute l'idée qualitative de progrès que vous refusez dans l'évolution.*

E. BERL. – Cela devient un mot vide de sens; quand Bergson écrit : « l'évolution a créé l'œil des vertébrés supérieurs », autant vous dire : les vertébrés supérieurs ont des yeux. Et autant vous dire : Dieu a donné des yeux aux vertébrés supérieurs et aux oiseaux.

J. O. – *Enfin, l'introduction du mot Dieu à ce stade... il faudra peut-être que nous y revenions plus tard.*

E. BERL. – Ah! je ne veux pas qu'on substitue l'évolution à Dieu. Je sais que l'on parlera de Dieu quand vous voudrez. Mais ce que je n'aime pas, c'est l'idolâtrie. Alors je trouve que l'évolution, on en a fait une idole, c'est-à-dire un mot confus pour remplacer le mot Dieu, sans y ajouter quoi que ce soit.

J. O. – *Alors du moment qu'on idolâtre l'évolution autant l'appeler Dieu tout de suite, et puis n'en parlons plus.*

E. BERL. – Absolument. D'ailleurs Bergson a fini par là.

J. O. – *Voilà votre crise contre l'évolution. Alors quelle est l'orientation qui a remplacé ce bergsonisme? Quel est le problème qui vous a tenté à ce moment-là; quel est celui auquel vous vous êtes intéressé? Je crois que c'est quelque chose d'extraordinairement moderne : le problème de la communication.*

E. BERL. – Je le tiens de Bergson. Parce qu'autant je n'étais pas bergsonien en ce qui concerne l'évolution, autant je l'étais en ce qui concerne la communication. Il m'enseignait que la télépathie était certainement vraie ; qu'elle ne pouvait même pas ne pas être vraie parce que, s'il n'y avait pas de communication télépathique, il n'y aurait pas de communication du tout et donc il n'y en aurait pas non plus entre vous et moi.

J. O. – *Vous croyez à la télépathie ?*

E. BERL. – Non. Je crois que, quand Bergson dit : si nous ne nous rappelions pas tout en droit, nous ne nous rappellerions pas tout en fait, si nous ne percevions pas tout en droit, nous ne percevrions rien du tout en fait, il dit la vérité. C'est pour ça que je crois à la télépathie, comme je crois à l'astrologie ; mais pas scrupuleusement aux horoscopes. Je ne vois pas comment je serais distinct de mon ciel, comme d'ailleurs de la terre. Je ne vois pas non plus comment je serais distinct des autres. Si j'étais vraiment isolé, comme la plupart des romantiques contemporains ont cru, n'est-ce pas, à la solitude humaine, alors je ne vois pas comment la communication s'établirait. Parce qu'à nous deux, comment est-ce que nous arriverions à créer un langage ?

J. O. – *Il y a là quelque chose de très profond chez vous ; vous me direz si je me trompe, mais je crois que quelque chose de tout à fait essentiel pour vous, c'est cette espèce de liaison que vous entretenez à chaque moment avec l'ensemble de ce qui vous entoure. Il me semble que vos liens sont plutôt horizontaux que verticaux. C'est-à-dire que vous êtes plus près, à chaque instant, de l'ensemble des personnes et du monde qui vous entoure que vous n'êtes près de ce que vous étiez vous-même, il y a dix ou quinze ou vingt ans, et que votre solidarité est plutôt une solidarité horizontale du milieu qu'une solidarité verticale du personnage. Est-ce exact ?*

E. BERL. – C'est vrai dans un certain sens parce que, si vous voulez, je suis naturellement assez ouvert. Si une personne vient et me raconte ses histoires, ma réaction naturelle est de l'écouter. Et si je peux faire quelque chose, de le faire. L'horizontalité complète. Je ne l'éprouve pas parce que, alors, je la transpose aussi dans une verticale. Si vous voulez, quand je parle avec vous, cela me rappelle les premières conversations que j'ai pu avoir avec Morand ou avec Malraux...

J. O. – *Si le mérite est grand, l'estime est un peu forte...*

E. BERL. – Non. Vous entrez vous aussi dans une verticale qui est une certaine sorte de conversation. Si je vais manger des gâteaux, on entre dans une autre verticale qui est mon rapport avec la pâtisserie, alors là, depuis mon enfance jusqu'à maintenant. Il se peut que j'aime un gâteau parce que je l'aimais quand j'avais cinq ans et qu'on me l'avait refusé, ou quelque chose comme ça, c'est possible, et même je pense c'est certain. Alors, la verticale, oui, mais pas l'unité des verticales. Le rapport gâteau est un rapport, le rapport fille est un autre rapport.

J. O. – *C'est-à-dire que c'est une certaine ouverture de l'intelligence qui a des quantités de casiers différents dans lesquels elle se déploie, qu'elle assimile, quitte à ne pas retrouver toujours l'unité fondamentale qui fait le lien entre...*

E. BERL. – Je ne crois pas beaucoup à l'unité fondamentale.

J. O. – *C'est ça. Et c'est ce qui explique très bien qu'un de vos grands problèmes ait été le problème de la communication.*

E. BERL. – C'est surtout un problème parce que j'ai vécu dans un milieu intellectuel où l'on admettait qu'il n'y en avait pas. Après quoi on a essayé d'expliquer comment elle avait pu se reproduire vu qu'elle n'existait pas. D'où la discorde avec Proust... Je ne crois pas du tout à la solitude.

J. O. – *Alors, de même que Bergson dit : il n'y a pas de problème de la mémoire, il n'y a qu'un problème de l'oubli, de même vous, vous dites : il n'y a pas de problème de savoir comment je m'entends avec quelqu'un, le seul problème est de savoir comment je ne suis pas d'emblée plongé dans une totalité de communication avec tout le monde. C'est bien ça, n'est-ce pas ?*

E. BERL. – Sûrement. Mais attention ! Comme les raisons qui font qu'on ne communique pas sont très nombreuses, quand la communication se produit effectivement, cela donne tout de même l'impression d'un miracle. Mais c'est une impression qui est, à mon avis, fausse. C'est la vérité qui se rétablit. J'ai pensé à une certaine communication dans l'amour. C'est mon côté un peu égoïste, ou sensuel. Mais je pense que le même rapport s'établissait d'emblée pour saint François d'Assise avec n'importe qui. Je ne suis pas saint François d'Assise du tout : je suis bouché par mes petites préoccupations imbéciles qui sont mes pantoufles, mes souliers, payer mes impôts ou des choses comme ça. Mais cela tient à ce que je ne suis pas assez libéré ; enfin quoi ! je ne suis pas saint François d'Assise... C'est d'ailleurs assez facile à comprendre pour les lecteurs.

J. O. – *Pas tellement. Vous venez de dire : je ne suis pas saint François d'Assise. Alors je voudrais vous arrêter là. Vous êtes donc un intellectuel, vous êtes un intellectuel superstitieux, qui croit en partie à l'astrologie, et puis...*

E. BERL. – Pas du tout, je ne suis pas superstitieux !

J. O. – *Si, si, si, si. Vous êtes superstitieux.*

E. BERL. – Oui, mais ce trait n'a rien à faire là.

J. O. – *Vous n'êtes pas entré à l'Ecole normale, vous venez de le dire, pour ne pas reprendre l'existence de...*

E. BERL. – De mon oncle et de mon cousin. Il y avait de quoi.

J. O. – *Si ce n'est pas de la superstition, qu'est-ce que c'est ? Alors, maintenant vous venez de prononcer le nom de saint François d'Assise, en disant je ne suis pas saint François d'Assise. Non, vous n'êtes pas saint François d'Assise et pourtant, vous, intellectuel, plongé dans le milieu parisien le plus subtil, le plus marqué par son époque, vous vous êtes, tout à coup, intéressé à la mystique. Il y a quelque chose de très étonnant. Par quel parcours, vous, intellectuel juif, formé en grande partie par Bergson, tout à coup, vous vous plongez dans l'étude du mysticisme espagnol et du mysticisme de Fénelon ? Quelle est la démarche qui vous a mené jusque-là ?*

E. BERL. – Il faut bien dire que j'y ai été tout naturellement conduit par Bergson, parce que l'époque où je le voyais était celle où William James avait publié *L'Expérience religieuse* et où lui-même travaillait aux *Deux Sources de la morale et de la religion*.

J. O. – *Bergson connaissait très mal la mystique juive, pourtant.*

E. BERL. – C'était incroyable ! Il ne connaissait même pas son existence. Mais il connaissait fort bien la mystique chrétienne. Et il y avait aussi un livre de M. Delacroix sur la mystique chrétienne. Je me suis trouvé amené à faire un mémoire sur le quiétisme de Fénelon et, quand je me suis mis à étudier les mystiques, au fond, j'ai trouvé qu'il n'y avait que ça de sérieux.

J. O. – *Comment vous êtes-vous préparé à ces travaux sur le quiétisme ?*

E. BERL. – Oh, il y a beaucoup de hasard. C'est parce que mon oncle, Alfred Berl, était aussi un ami de Georges Brandès comme il l'était d'ailleurs un peu de Clemenceau avec qui il faisait ses cures à Karlsbach.

J. O. – *Georges Brandès avait découvert Nietzsche.*

E. BERL. – Georges Brandès avait découvert Nietzsche, mais il m'avait un peu dégoûté de Lanson. Alors au lieu d'aller chez Lanson comme il était naturel, j'ai été chez Fortunat Strowsky [1]. Je ne sais pas si vous savez comment on fait les mémoires en Sorbonne. On fait les travaux que vos professeurs désirent que vous fassiez, parce qu'ils ont besoin qu'ils soient faits et qu'ils ne veulent pas les faire eux-mêmes. Il voulait faire un Fénelon après avoir fait un Montaigne, et il avait divisé les tâches entre ses divers élèves. Il m'avait donné le choix entre l'éducation des filles et le quiétisme : l'éducation des filles, j'ai trouvé que je n'étais peut-être pas tout à fait compétent, j'ai donc préféré le quiétisme. Et je me suis mis à étudier le quiétisme en ignorant totalement le catéchisme, ne sachant même pas ce qu'était la communion.

J. O. – *A l'époque, est-ce que l'athéisme n'avait pas quand même une force qu'on ne s'imagine plus aujourd'hui ? Est-ce qu'aujourd'hui il n'y a pas une espèce de modus vivendi qui remplace cette lutte entre athées et croyants ? Les choses se sont quand même apaisées.*

E. BERL. – Ah ! Effrayant ! D'abord, l'athéisme on ne devrait pas en parler. Il y avait une certaine religion française qui était la libre pensée et qui était pratiquée un peu partout le monde, du moins dans tous les milieux que j'ai vus. Par exemple, quand j'étais enfant et que j'allais au cours de Monvel. Mlle Cécile de

---

[1]. Fortunat Strowsky, professeur à la Sorbonne, dirigea le mémoire d'études d'Emmanuel Berl sur le quiétisme de Fénelon.

Monvel était très pieuse, elle a fini tout à fait mystique. D'ailleurs César Franck, qui dominait ce milieu de sa grande ombre, était très pieux aussi. Donc, le vendredi, il n'était pas question qu'on ne fasse pas maigre. Mais il n'était pas non plus question qu'on ne me porte pas de la viande. On aurait trouvé que c'était un abus de faire faire maigre à un garçon qui n'avait pas été baptisé, tant a été grand le respect de la croyance ou de la non-croyance d'autrui. J'ai vécu dans un univers où la peur d'influencer, de troubler quelqu'un en matière de religion ou de peser sur lui, dominait chacun.

J. O. – *Mais pourtant cette tolérance que vous soulignez a sa contrepartie. Vous m'avez cité un mot de Reclus qui est très beau.*

E. BERL. – Ah! M. Reclus était le fils d'un pasteur dissident; il était tout de même très abrupt, alors, lui, il n'admettait pas qu'on mette en question l'athéisme. Je l'ai entendu dire, à Contrexéville, à une dame qui l'interrogeait sur je ne sais pas quoi : « Madame, cela est aussi certain que l'inexistence de Dieu. »

J. O. – *Il faut croire qu'il était moins tolérant que votre amie, si catholique, Mlle de Monvel!*

E. BERL. – Vous savez, néanmoins, si intolérant qu'il fût, je l'ai tout de même vu payer de sa poche des voyages de malades pour qu'ils puissent aller à la piscine de Lourdes parce qu'ils en espéraient une guérison.

J. O. – *Pourtant, pour lui, c'était de l'argent, si j'ose dire, jeté à l'eau.*

E. BERL. – Non, il pensait que c'était un des derniers plaisirs qu'il pourrait faire à un malade condamné. Je ne crois pas qu'il ait cru beaucoup que la maladie soit guérie. Mais enfin, il disait d'abord on ne sait jamais, et puis, en second lieu, ce sera toujours un espoir de plus que je peux raisonnablement donner aux malades. Néanmoins, des intolérants comme ça, eh bien, on serait bien content d'en avoir beaucoup.

J. O. – *Quand vous vous êtes attaché à votre quiétisme, est-ce que cela a changé vos convictions, est-ce que vous avez été tenté par ce que vous étudiiez, est-ce que le quiétisme est resté pour vous un objet d'études, ou est-ce que ça vous a paru pouvoir devenir un idéal de vie? Quelles sont vos relations avec Fénelon?*

E. BERL. – Ah! Elles ont été très intimes. Jamais je ne renierai Fénelon, non. Il y a eu là un moment où il n'aurait peut-être pas été tout à fait impossible que je me convertisse.

J. O. – *Ç'aurait été très excitant, ça?*

E. BERL. – Oh non! Parce que, si je m'étais converti, je me serais fait moine. Jamais je ne me serais converti sans entrer dans un ordre. Parce que j'estime qu'on ne renie pas le judaïsme sans que ce soit sérieux. Sans ça, cela devient alors une espèce de lâcheté, ou en tout cas de souplesse. Mais j'y ai pensé un moment. Il y avait chez Fénelon quelque chose de très attrayant qui était l'idée: Ne faites donc rien puisque ce que vous ferez sera des bêtises. Comme je suis gourd, que je ne réussis pas les choses que je fais, que je suis très maladroit, que je n'arrive plus à apprendre, que je ne sais pas dessiner, que je ne sais pas jouer du piano alors que tout le monde était doué autour de moi, alors...

J. O. – *C'est une très bonne définition de l'intelligence : c'est ne pas savoir faire ce que font les autres. L'intelligence, c'est de ne pas être doué. Les dons servent à quelque chose tandis que l'intelligence, ça ne sert à rien.*

E. BERL. – Naturellement. Seulement les dons, c'est dangereux parce qu'alors, évidemment, ils risquent de vous emporter très loin, quand vous en avez beaucoup. Parce que ce n'est pas tout d'avoir des dons, il faut encore les supporter. Sans ça, vous devenez, mettons, Théodore de Banville. A cause de cette ambivalence à l'égard de la vie, j'ai toujours pensé que si je voulais beaucoup, si je désirais beaucoup quelque chose, par là même, je l'éloignais. C'est un sentiment qui était très fort, chez Proust comme chez moi. Alors, l'idée de Fénelon : Ne faites donc rien parce que ce que vous ferez sera des bêtises, me paraissait très profondément française. Laissez faire Dieu, laissez faire le monde extérieur : Ne courez donc pas après les filles, attendez qu'elles viennent ; ne courez pas après les idées, attendez donc que ça vienne. D'autant plus que si vous n'espérez rien, tout ce que vous ferez sera autant de plaisirs.

J. O. – *Le quiétisme, c'est un peu ce que, dans la philosophie chinoise, peut représenter le taoïsme ? Vous connaissez le proverbe chinois : A côté du noble art de faire faire les choses par les autres, il y a celui, non moins noble, de les laisser se faire toutes seules. Ne pas détraquer par des initiatives intempestives un mécanisme de choses qui doivent mûrir toutes seules.*

E. BERL. – Ce n'est pas tout à fait ça parce que, le taoïsme, c'est très compliqué, et puis nous ne comprenons pas très bien la pensée chinoise. Pour Fénelon, il fallait laisser faire Dieu, et ne rien faire quand Dieu ne vous demande pas de faire quelque chose.

J. O. – *Peut-être qu'il ne vous demandera jamais rien, d'ailleurs.*

E. BERL. – Eh bien, il ne me demandera jamais rien. Tant pis. C'est son affaire. De mon point de vue, qui est tout de même moins pieux que ne l'était Fénelon, ce serait : si ça ne vous est pas donné, si ça ne vous est pas imposé par le monde extérieur, ne faites rien. Je fais cet entretien avec vous parce qu'on me l'a demandé, je n'ai pas demandé, moi, à faire un entretien avec vous.

J. O. – *Vous n'êtes pas un activiste ?*

E. BERL. – Non. Je suis persuadé d'ailleurs que si je l'avais demandé, on me l'aurait refusé.

J. O. – *Vous n'êtes pas activiste, mais vous êtes malin !*

E. BERL. – Non, je ne suis pas malin. J'attends que les choses viennent ou ne viennent pas. Je pense que si je veux les faire venir, elles s'en iront.

J. O. – *On voit bien comment, bizarrement, le quiétisme de Fénelon rejoint la conception de l'amour chez Proust. Il est tout à fait inutile de courir après Gilberte ou après Albertine : courir après, c'est les perdre, et ce sont les femmes qu'on n'aime pas avec lesquelles on a du succès en amour; et malheureusement celles après lesquelles on court et auxquelles on tient, on est sûr de les perdre.*

E. BERL. – Si nous parlons de Proust, j'ai eu un rapport assez étroit avec lui, n'est-ce pas, il m'a fait un cours assez sérieux sur la littérature et sur la vie; je l'ai bien écouté, je me suis brouillé avec lui, violemment. Je suis d'accord avec ce que vous dites de Proust : si vous courez après Gilberte, Gilberte s'en ira. Je ne suis pas tout à fait d'accord avec : si vous ne courez pas après Gilberte, Gilberte viendra. Là non. Je crois que Gilberte, elle viendra si elle vient. Elle vous est donnée ou elle ne vous est pas donnée.

J. O. – *C'est une grâce.*

E. BERL. – C'est une grâce. Alors là, la notion de grâce, qui est très forte chez moi, était assez faible chez Proust. Il ne croyait pas que des êtres étaient donnés à d'autres. Il pensait que la non-communication était universelle, que donc on ne comprendrait jamais ni Gilberte ni l'autre parce que, si ça n'avait pas été Gilberte, c'eût été l'autre et ça n'aurait pas valu mieux pour lui. L'amour étant une espèce de purulence qu'on produit soi-même, une sorte de sécrétion interne, que ce soit l'une ou l'autre, ça revient au même. Mais, dans tous les cas, c'est à la fois un bien parce que ça vous ramène à vous, et une maladie. L'amour de Swann est traité comme une typhoïde.

J. O. – *Revenons, si vous le voulez bien, à nos mystiques et à la communication. Quand vous vous êtes occupé de Fénelon, pourquoi n'avez-vous pas poursuivi ensuite vos études universitaires : vous auriez été un admirable professeur, à défaut d'être moine. Vous auriez pu devenir professeur de littérature, passer l'agrégation, à défaut de l'Ecole normale puisque vous ne pouviez pas y entrer parce qu'on y mourait.*

E. BERL. – Je dois dire que si je ne suis pas agrégé, c'est que je ne l'ai pas voulu, parce que j'ai eu deux occasions d'être agrégé : après mon diplôme d'études, M. Brunot m'avait donné sa parole de doyen de la faculté que, quelles que soient mes compositions et mes réponses, je serais reçu à l'agrégation. Et d'autre part, quand j'ai été réformé, en 16, il n'était pas question de recaler à l'agrégation un réformé de guerre avec citation. Si j'avais répondu que je ne savais pas le génitif de *rosa*, on m'aurait donné un 20 en mettant cela sur le compte des Allemands. J'étais absolument sûr d'être reçu. Je ne l'ai pas fait parce qu'il fallait signer un papier comme quoi on s'en allait en province pendant dix ans. Je suis assez parisien. Je suis né à Paris. J'étais dans un milieu tout de même assez aisé ; je n'avais pas énormément d'argent, mais enfin j'en avais beaucoup plus que les professeurs de lycée qu'on payait à l'époque 4 000 francs par an. Alors, m'en aller, pour dix ans, à Tulle ou quelque part comme ça, pour enseigner « *rosa* la rose » et « *sum, es, est* », je trouvais cela dur. Et, d'autre part, je n'avais pas non plus la vocation d'enseigner. J'aime pas tellement les enfants, j'y comprends rien. J'ai l'impression que c'est un peuple étranger. Je n'ai pas voulu signer. Alors, ce qui est de ma part, en effet, un peu bizarre, c'est que l'idée ne m'est pas venue que je pouvais m'engager et ne pas tenir mon engagement. C'était, en somme, assez facile, et beaucoup le faisaient, et le font encore. Mais alors, je me suis dit : si je promets, c'est pour tenir, puisque je ne suis pas obligé de promettre. J'ai pensé que j'aimais mieux ne pas passer mon agrégation et j'ai été en Allemagne, à Fribourg, apprendre l'allemand.

J. O. – *Et suivre les cours de Husserl ?*

E. BERL. – Et suivre les cours de Reinardt, de Kröner et de Heine. J'ai connu Husserl après coup.

J. O. – *Est-ce que c'est déjà à ce moment-là que vous avez voulu vous mettre à écrire ?*

E. BERL. – Mais je n'ai jamais voulu me mettre à écrire.

J. O. – *Alors, comment avez-vous écrit ? Ça s'est passé tout seul encore !*

E. BERL. – J'ai toujours écrit pour essayer de mettre un peu d'ordre dans l'extrême confusion de mes idées. J'ai dit que j'écrivais non pas pour dire ce que je pense, mais pour le savoir.

J. O. – *Emmanuel Berl, vous vous souvenez peut-être que c'est comme ça qu'ont débuté nos relations. Je soutenais que quand on écrivait, c'était pour quelqu'un, et vous souteniez que c'était pour vous-même. Et je vous envoyais tout ce que je trouvais comme arguments et comme textes en faveur de ma thèse...*

E. BERL. – J'ai bien réfléchi. Finalement, je crois que, quand un écrivain est un vrai artiste du langage, il écrit pour les autres en effet, qu'on ne fait pas d'objets si ce n'est pas pour en donner. Je pense que, par exemple,

Aragon, Eluard, ce que vous dites d'eux était vrai. Pour ce qui me concerne, parce que j'ai très peu de moyens littéraires, ce dont mes lecteurs peuvent s'apercevoir, dans la mesure où il y en a, je n'ai pas du tout fait des objets d'art comme Eluard; j'ai essayé, ou bien de me défouler quand j'étais en colère, ou bien d'examiner un certain nombre de questions que je n'arrivais pas à résoudre sans écrire.

J. O. – *Là nous retrouvons un de vos thèmes favoris, c'est que tout ce que vous avez fait et réussi, c'était pour cette seule et unique raison que vous êtes empoté, engourdi, que vous n'avez pas de talent, que vous ne comprenez pas vite, et, donc, que pour expliquer à vous-même ce que vous voulez comprendre de la guerre israélo-arabe ou de l'existence de Dieu, il faut que vous l'écriviez.*

E. BERL. – Je n'ai pas dit que je ne pensais pas vite parce que ce ne serait pas vrai. Je pense tout de même assez vite, je crois même que je pense trop vite, il vaudrait mieux penser plus lentement, comme faisait M. Bergson. Mais, qu'il me faille écrire, pour savoir où j'en suis, c'est sûr : la guerre israélo-arabe, je ne la connaissais pas avant d'écrire, j'ai été agacé par un certain nombre de mes confrères, et j'ai écrit mon livre sur *Nasser tel qu'on le loue* : titre déplorable que j'ai emprunté à Péguy, ce qui a fait que personne ne l'a compris. Ne connaissant pas la question, je l'ai étudiée, je me suis fait donner des documents au fur et à mesure que j'écrivais. C'est mon côté XVIIIe siècle, comme dirait Jean Guéhenno.

J. O. – *Ecrivant de la sorte, est-ce que vous attachez*

beaucoup d'importance à ce que vous écrivez ? Il y a des écrivains dont chaque mot compte, qui seraient désespérés à l'idée d'avoir pu se contredire, à l'idée qu'il y a quelque chose dans leurs écritures qui ne colle pas avec le reste, est-ce votre cas ?

E. BERL. – Non ! Moi ça m'est tout à fait égal. D'abord, je suis convaincu que ça ne colle pas, et puis, en second lieu, ça m'est tout à fait égal.

J. O. – *Nous retrouvons là exactement ce que nous disions tout à l'heure, avec la verticalité et l'horizontalité : ça rentre dans des colonnes différentes, et puis, mon Dieu, ça s'arrange comme on pourra.*

E. BERL. – Absolument. Si on trouve une contradiction entre ce que j'ai écrit dans *Sylvia* et ce que j'ai pu publier dans *Marianne*, quand je le dirigeais, ça m'est absolument indifférent. D'autant plus que j'ai le sentiment que ce n'est pas le même individu qui a fait les deux, donc, cela ne m'étonnerait nullement. Ce qui m'étonnerait, c'est que ça ne se contredise pas, et, je dois dire, ce qui m'étonne, c'est que ça se contredise un peu moins que je ne l'aurais pensé.

J. O. – *Je crois que ça se contredit finalement très peu, et que vous vous acharnez à montrer que vous êtes vain, disert, ondoyant, et finalement, tout ça s'arrange assez bien, et malgré ce que vous dites – qu'il y a vingt Berl différents, que le Berl qui a été amoureux n'est pas le même que le Berl qui a été socialiste, que le Berl qui mangeait des pâtisseries n'est pas le même que celui qui s'entretient à la radio –, il y a une espèce d'unité d'Emmanuel Berl.*

E. BERL. – L'unité, je ne suis pas sûr qu'elle ne soit pas toujours projetée par celui qui la pense, parce que, mettons, j'ai beaucoup vécu, quand j'étais enfant, avec ma tante Berthe Franck, et mon cousin, et mes deux cousines. Or, tous les commerçants disaient que, de tous ses enfants, j'étais celui qui ressemblait le plus à ma tante. Malgré tout, je n'étais pas son enfant, ce sont les autres qui étaient ses enfants. Alors, vous pouvez quelquefois trouver des unités là où il n'y en a pas. Je sais bien que j'ai été soldat en 14, j'ai même été volontaire un nombre de fois considérable. Et j'ai également été munichois. Alors, si vous trouvez là une unité, c'est possible, si vous y voyez une contradiction, c'est également possible. Cela dépend...

J. O. – *Ce sont des contradictions surmontées et qui forment quelque chose de très cohérent.*

E. BERL. – Oui, je suis persuadé que j'étais munichois parce que j'avais été soldat en 14.

II

*Être pacifiste en temps de guerre :
de 1914 à Munich*

JEAN D'ORMESSON. – *Je voudrais que vous me disiez quelques mots, pas seulement de littérature, mais de la guerre : quelle est votre expérience de la guerre ?*

EMMANUEL BERL. – Je l'ai faite, tout de même, très sérieusement, comme soldat de deuxième classe, de septembre 14 à la fin de 1915. J'ai tout de même connu le Bois-le-Prêtre, là, dans la période la plus mauvaise. J'ai trouvé cela horrible.

J. O. – *Est-ce que ça a influencé vos idées ? Est-ce que ce que vous avez écrit plus tard a été imprégné de la guerre ? Est-ce que, si vous êtes devenu socialiste, cela a été une des conséquences de la guerre ?*

E. BERL. – Je ne suis jamais devenu socialiste ; re-remarquez, j'étais devenu un peu communiste.

J. O. – *Qui peut le plus peut le moins...*

E. BERL. – J'étais avec Barbusse [1] pour la défense de l'URSS. Contre la guerre et le fascisme. J'étais très hostile à la guerre dès 1912. C'est même une des raisons pour lesquelles j'ai quitté Paris en 1913, parce que je ne pouvais plus parler avec personne. Je me rappelle avoir été convoqué, comme ça, par Agathon [2].

J. O. – *Celui de l'enquête sur la jeunesse ?*

E. BERL. – Celui de l'enquête sur la jeunesse. J'ai donc fait mes réponses. Il ne les a absolument pas insérées parce que c'était le contraire de lui. Mais je n'étais pas seul à penser qu'il n'avait pas raison. Et évidemment ceux qui ne disaient pas comme il voulait, il ne les mettait pas dans son livre. C'est une façon de mettre l'unité dans les choses. Je ne crois pas que cette manière de procéder soit tout à fait légitime. Comme j'étais hostile à la guerre en 1912, très hostile à la guerre en 1917, caillautiste très hostile à Clemenceau alors que j'avais été élevé dans le culte de Clemenceau, que j'ai été abonné à *L'Homme enchaîné*, qu'on m'a menacé du conseil de guerre si je continuais à recevoir *L'Homme enchaîné*, et que j'ai dit qu'on me passerait en conseil de guerre mais que je continuerais à recevoir *L'Homme enchaîné*, évidemment, j'ai été très désireux que la guerre finisse. Je ne peux pas dire que j'étais

---

1. Henri Barbusse (1873-1935) eut le prix Goncourt en 1916 pour *Le Feu, journal d'une escouade* et fonda le groupe *Clarté*. Il mourut à Moscou.
2. Agathon est le pseudonyme d'Henri Massis (1886-1970). L'enquête menée avec Alfred de Tarde en 1911 sur *Les Jeunes gens d'aujourd'hui* lui assura une certaine célébrité. Henri Massis rejoindra l'Action française.

défaitiste, parce que ce serait aller un peu loin, mais vraiment, je désirais que la guerre ne continue pas.

J. O. – *Mais cette guerre que vous n'aimiez pas, vous l'avez faite, avec... plénitude.*

E. BERL. – Je l'ai faite jusqu'à ce qu'on me réforme. J'ai été réformé quand j'ai demandé à passer dans l'aviation; je n'avais pas du tout demandé à être réformé.

J. O. – *Vous avez été enterré par des obus...*

E. BERL. – J'ai été enterré deux fois.

J. O. – *Vous avez vu la mort d'assez près.*

E. BERL. – J'ai eu un de mes camarades qui a été coupé en six morceaux, à côté de moi. Et puis j'ai vécu au Bois-le-Prêtre avec les entrailles des types qui étaient dans les fils de fer barbelés, à cinq mètres de moi.

J. O. – *Je crois que vous dites assez drôlement qu'on vous a donné la croix de guerre pour quelque chose qui ne la méritait sûrement pas, mais qu'en revanche, vous la méritiez deux fois et qu'on ne vous l'avait pas donnée.*

E. BERL. – Je l'avais méritée un certain nombre de fois. Ce que j'avais fait, c'était par esprit de contradiction : on m'avait dit qu'une tranchée allemande était occupée, j'avais dit qu'elle était vide, je me suis agacé, j'ai escaladé le parapet, j'ai été dans la tranchée allemande, je suis revenu avec un fusil et une pelle qui étaient très intéressants pour l'état-major parce qu'il s'est trouvé que c'étaient des Autrichiens. Alors là on m'a menacé de me faire passer en conseil de guerre pour tentative de désertion. Ça m'a mis de mauvaise humeur. Par ailleurs, j'étais aussi sérieusement... sonné. Et j'ai eu la croix de guerre à Thann. J'étais dans la rue, avec un officier de l'état-major de l'armée qui était venu nous voir, et j'étais en train d'expliquer à la population comment faire pour se protéger contre les obus. L'officier s'était mis dans une rue transversale ; malheureusement il était tombé un obus juste devant la rue transversale, qui l'avait tué. Je l'ai porté de mon mieux jusqu'à l'hôpital de Thann et l'armée, qui voulait honorer son officier d'état-major, m'a décoré pour ça. Bien entendu, s'il n'avait pas été un officier de l'armée, je n'aurais pas été décoré. La preuve, c'est que j'avais fait la même chose quatre-vingts fois, sans avoir la moindre décoration.

J. O. – *Vous voyez, c'est terrible, même pour les anticonformistes, l'ordre se met de lui-même autour des choses.*

E. BERL. – C'est ce que disait Radiguet.

J. O. – *La guerre vous a fait connaître Barbusse ?*

E. BERL. – Ce qui m'a fait connaître Barbusse, c'est *Mort de la pensée bourgeoise*. Elle m'a fait lire Barbusse, mais je ne le fréquentais pas du tout. Il est venu me trouver à Saint-Tropez, où j'étais, pour me demander de l'aider à faire vivre, à maintenir l'existence du journal *Monde*, et j'ai accepté.

J. O. – *Qui n'avait rien à voir avec* Le Monde.

E. BERL. – Aucun rapport. C'était un journal, théoriquement, à moitié socialiste, à moitié communiste ; en fait, tout à fait communiste. J'ai eu énormément de travail, et énormément de difficultés parce qu'il y avait des tiraillements entre les socialistes et les communistes. Il y avait aussi des tiraillements entre le Parti communiste français et quelquefois Barbusse lui-même, lequel, très grand personnage, passait parfois au-dessus du Parti communiste français et s'adressait directement à Moscou où il avait beaucoup d'amis. Il en est résulté, pour moi, des situations compliquées. J'ai fait avec Barbusse une série de conférences. Bien entendu tout le monde venait pour lui, et personne ne savait qui j'étais. Et puis, au dernier moment, le secrétaire de la section locale du parti communiste venait le prier de ne pas parler. Alors, comme il était tout de même un militant discipliné, il ne parlait pas, et moi je me retrouvais seul, avec quelques milliers de personnes qui n'avaient aucune envie de m'écouter. La tension a été de plus en plus forte, et j'ai fini par être convoqué par Maurice Thorez, lequel m'a montré, pièces en main, que, en fait, le journal était la propriété du parti communiste. J'en ai conclu qu'il fallait laisser au parti communiste le journal qui lui appartenait. Au début, M. Maurice Thorez m'en a su gré, il m'a pris les mains, il m'a dit : « Vous êtes un honnête homme. » Seulement je ne l'ai jamais plus revu. J'ai toujours eu beaucoup d'admiration pour Barbusse, c'était un admirable orateur, en plus de l'écrivain qu'il était : quand il parlait, ça se sentait passer. Et je l'ai quitté sans aucun plaisir de le quitter. Mais en fait, je ne l'ai plus revu, et je n'ai plus revu non plus les communistes qui, à ce moment-là, venaient me voir. Bref, je me suis trouvé payer les pots cassés en quelque sorte, comme un personnage de Molière pris entre la femme et le mari. Voilà.

J. O. – *Est-ce que vous aviez été inscrit au parti communiste ?*

E. BERL. – Jamais. Je n'ai jamais été inscrit nulle part. Sauf sur les listes électorales, et dans les registres du 356ᵉ régiment d'infanterie.

J. O. – *Il doit être dangereux de vous inscrire quelque part.*

E. BERL. – Mais on ne m'inscrit pas.

J. O. – *Puisque nous sommes au chapitre de la guerre, voulez-vous que nous sautions quelques années, et que nous allions tout de suite à l'autre guerre ? Vous avez prononcé le mot, donc je vous le redis sans affectation mais sans crainte, vous avez été munichois.*

E. BERL. – J'ai été munichois, Dieu sait ce que ça m'a valu d'ennuis.

J. O. – *J'imagine.*

E. BERL. – J'ai été un munichois très désespéré. Je crois que j'ai même un peu pleuré quand j'ai entendu à la radio que c'était fini, Munich. Ce qu'il y a, c'est que je ne voyais pas d'autres solutions possibles, étant donné que les militaires français n'avaient pas confiance dans l'aviation et que, d'autre part, les Anglais avaient dit que c'étaient les Sudètes qui avaient raison, et que les Tchèques avaient tort. Mais, en 36, quand ils ont armé la Rhénanie, j'avais eu des renseignements à ce sujet, je voulais publier des reportages, et j'en ai été empêché par les responsables de la diplomatie française parce qu'ils risquaient de donner de mauvaises idées aux Allemands s'ils ne les avaient pas déjà. Alors j'ai obtempéré, mais il m'a paru très difficile de mobiliser la France en 1938, alors qu'on n'avait pas voulu la mobiliser en 36 et en 34.

J. O. – *Aujourd'hui, après coup, vous trouvez toujours que Munich était sage? Vous persistez à le défendre?*

E. BERL. – Oui.

J. O. – *C'est assez intéressant parce que je pense que vous êtes un des rares aujourd'hui...*

E. BERL. – Effectivement. Il y en a eu beaucoup à l'époque, puisque j'avais retrouvé un album qu'avait fait *Le Petit Parisien,* où il y avait onze mille signatures qu'on arrivait à lire avec une bonne loupe, qui approuvaient Munich. Sans compter les deux millions qui avaient souscrit pour donner une maison à Chamberlain, le remerciant pour Munich. Il y avait donc pas mal de Français munichois. Et chose curieuse, quand je suis revenu à la Libération, il n'y en avait plus un. Mais je persiste à avoir été munichois, parce que je me suis dit : pourquoi désespérer plus de la paix qu'on ne désespère de la vie ? Après tout, Hitler pouvait mourir ! Ou il pouvait être assassiné ! Il pouvait attraper la grippe ! Je crois que j'ai écrit dans *Prise de sang* que, à Rabat, au moment où ça allait le plus mal, en 1918, où Foch était battu, j'avais vu Lyautey, j'avais même été seul dans son bureau, et j'avais parlé avec lui. Il était extrêmement inquiet, il était même très angoissé. Et puis il disait : après tout, on ne sait pas, ils peuvent attraper la grippe.

J. O. – *Est-ce que, pour Dantzig, vous n'auriez pas fait la guerre non plus ?*

E. BERL. – J'aurais fait tout ce que je pouvais pour qu'ils ne la fassent pas. Naturellement, on ne peut pas empêcher qu'une guerre se fasse. Mais ce que je sais, c'est qu'on doit, toujours, maintenir la paix, aussi ardemment qu'on maintient la vie, puisque la guerre c'est la mort, et surtout la mort des autres. Je sais ce que c'est : j'ai vu mourir les autres, j'ai vu mourir ceux de mes camarades que j'estimais le plus ; je ne les renverrai pas à un casse-pipe nouveau, avant d'avoir fait tout ce que je pouvais pour l'éviter. Mais, je ne trouve pas non plus que la négociation de Munich ait été heureuse. Elle m'a semblé on ne peut plus malheureuse. Je crois que j'ai écrit un des articles les moins enthousiastes, après Munich, qui aient été écrits dans la presse française. J'ai regretté que les efforts faits, pour éviter d'en arriver là, aient échoué. Quand on a été célébré Munich, en buvant du Champagne avec Ribbentrop, je n'ai plus du tout été d'accord. Qu'on ait été obligé d'en passer par Munich, comme on peut être obligé d'en passer par l'amputation d'une jambe, oui. Qu'on trouve que c'était merveilleux, certes pas. Parce que je n'ai jamais eu beaucoup d'illusions sur l'Allemagne.

J. O. – *Pardon d'insister : je me demande quand même s'il n'y a pas un peu de Fénelon dans ce que vous dites. Parce que, la maladie, il y a quelque chose d'inévitable, tandis que ce qui vient des hommes n'est pas inévitable. Peut-être pouvait-on éviter l'amputation de la jambe si on avait fait la guerre plus tôt. Est-ce que vous auriez été aussi contre la guerre au moment de l'invasion de la Rhénanie ?*

E. BERL. – Je l'étais beaucoup moins, puisqu'au contraire j'avais proposé d'annoncer l'invasion de la Rhénanie pour éviter la manchette du *Canard* à laquelle je m'attendais, qui était : « Après l'entrée des Allemands en Allemagne. » J'ai écrit aux autorités compétentes que le public français ne se doutait pas de ce que la Rhénanie ne fût pas armée, que donc, si l'Allemagne la réarmait, la réaction française serait de dire : comment, ils ne l'avaient pas déjà fait ! et non pas : c'est monstrueux qu'ils le fassent. Que donc, si l'on voulait qu'il y eût une réaction de l'opinion publique, il fallait la préparer. Et j'avais demandé, à cet égard, une série de trois pages de *Marianne*. On m'a expliqué que c'était contraire à l'intérêt national de les publier. Je ne les ai donc pas publiées. Au moment de l'invasion même, j'étais assez lié d'amitié avec le président Flandin, et je l'ai applaudi d'avoir été demander à Londres le feu vert pour une intervention. Donc, s'il y avait eu une intervention, en 36, je n'y aurais pas été défavorable. Vous voulez réarmer la Rhénanie : c'est contraire au traité, on ne vous laisse pas faire. Ce n'était pas une raison pour aller à Berlin.

J. O. – *Est-ce que la politique vous intéresse ?*

E. BERL. – Malraux m'a toujours dit que mon rapport

avec la politique était mauvais. Et je crois qu'il avait raison. Je me suis toujours intéressé à la politique parce que j'ai été bercé dedans. Je vous l'ai dit, mon oncle était un ami de Clemenceau, j'avais des amis qui étaient des jauressistes, j'ai toujours entendu parler de politique; on m'a amené au Sénat quand j'avais treize ans. Malraux m'avait dit une fois : votre rapport avec la politique est mauvais parce que vous ne voulez rien. Si vous vouliez être nommé consul à Civitavecchia comme Stendhal, vous auriez tout à fait raison de vous en occuper. Mais comme vous ne voulez pas vous faire nommer consul, pourquoi traînez-vous dans les sphères des Affaires étrangères ?

J. O. – *J'imagine que ce que vous aimez c'est comprendre.*

E. BERL. – Oui, vous savez, malgré tout, je trouve que les hommes de ma génération ont été tirés vers la politique parce que vraiment ils ne pouvaient pas beaucoup faire autrement. Si on ne m'avait jamais parlé que des questions politiques secondaires, même du montant des impôts, j'aurais accepté qu'on m'augmente mes impôts et je ne m'en serais pas occupé. C'est toujours cette histoire de guerre qui m'a beaucoup ennuyé.

J. O. – *Alors, du coup, vous vous en êtes occupé très activement, et vous avez dirigé un journal qui n'était pas seulement un journal littéraire mais qui était un journal politique, et qui s'appelait* Marianne *?*

E. BERL. – Vous savez, j'ai dirigé *Marianne* aussi parce que je n'ai pas pu faire autrement ; je ne voulais pas faire *Marianne*, c'est Gaston Gallimard qui a voulu que je le fasse. Et puis Malraux. Moi, je voulais faire un pamphlet tout seul comme j'ai fait avec Drieu *Les Derniers Jours* et, tout seul, *Pavé de Paris*. Parce que j'aime dire ce que je pense au moment même où je le pense. C'est Gaston Gallimard qui a voulu qu'on fasse un journal hebdomadaire à cause de *Candide* et de *Gringoire*. Bon, je l'ai fait, je l'ai fait de mon mieux, ça m'a d'ailleurs fatigué.

J. O. – *De quand à quand ?*

E. BERL. – Cela a commencé en 34, je crois, et continué jusqu'en 38. Après il l'a vendu. Alors, comme c'était un journal que je faisais à cause de la NRF, s'il n'était plus à la NRF, je n'avais aucune raison d'y rester. L'idée de le faire avec M. Raymond Patenôtre [1] ne m'a pas effleuré.

J. O. – *Aimez-vous le journalisme, ou préférez-vous être du côté de ceux qui apportent la copie ?*

E. BERL. – J'aime mieux être du côté de ceux qui apportent la copie. Je trouve que c'est extrêmement désagréable de marchander avec les auteurs, de les payer, de ne pas les payer, je n'aime pas ça du tout, ça m'a beaucoup ennuyé. J'ai plus travaillé les pages de mode que tout le reste du journal. D'ailleurs c'est comme ça que s'est constituée l'équipe qui a fait *Marie-Claire*. Non, si j'avais à recommencer ma vie, je refuserais de diriger *Marianne*.

---

1. Raymond Patenôtre (1900-1951) fut député de Seine-et-Oise ainsi que ministre sous la IIIe République.

III

Sylvia

JEAN D'ORMESSON. – *Abandonnons ce journalisme politique qui vous a beaucoup occupé mais qui n'était pas toute votre vie, et parlons des amours et des aventures. Ce n'est pas tellement indiscret puisque vous avez écrit, en dehors de vos livres politiques, deux ou trois livres qui parlent de ces sujets-là et qui sont bien connus, ce sont* Sylvia *et* Rachel et autres grâces.

EMMANUEL BERL. – Oui, ça avait commencé avec *Méditation sur un amour défunt*, c'est-à-dire beaucoup plus tôt. *Sylvia* a été écrit pour mettre en ordre le fait que j'avais retrouvé Sylvia. Il y avait tout de même une espèce de vérité dans mon rapport avec Sylvia dont je comprends assez mal la nature et qui est aussi un des mystères de la communication.

J. O. – *Je me demande si, en un sens, pour employer une formule un peu vulgaire, vous ne vous êtes pas monté le bourrichon. Et je me demande si Sylvia a très bien compris tout ce qui lui arrivait ?*

E. BERL. – Je crois qu'elle a très bien compris...

J. O. – *Non, parce que je pense, par exemple, à quelque chose. Il y a une très jolie scène où vous voyez cette jeune fille à Evian, et puis vous vous séparez, vous ne vous voyez plus ; c'est la guerre, vous vous retrouvez, vous avez des nouvelles d'elle, vous lui envoyez une lettre, et vous lui dites : qu'est-ce que vous faites ? Elle vous répond : je vais à Fontainebleau. Vous lui dites, par lettre : est-ce que je peux venir à Fontainebleau ? Elle vous répond : mais oui, venez donc à Fontainebleau. Votre conclusion est : voilà, j'étais fiancé.*

E. BERL. – Ah ! mais tout à fait, tout à fait. Et elle s'est comportée avec moi en fiancée, à Fontainebleau. Ce qu'il y a, c'est que..

J. O. – *En fiancée, style de l'époque ?*

E. BERL. – Style d'aujourd'hui. Elle m'avait dit que je devais coucher avec elle. Je ne l'ai pas fait. J'ai eu raison. Mais, elle considérait qu'elle était assez engagée pour ne pas pouvoir se dégager à meilleur compte, si vous voulez. Par conséquent, ce n'est pas vrai ce que vous dites.

J. O. – *Ecoutez, puisque nous parlons très franchement, et entre nous, qu'est-ce que veut dire : j'ai eu raison ?*

E. BERL. – Elle voulait acquitter ses dettes. On ne fait tout de même pas ça avec une jeune fille qui était tout de même très pure, uniquement parce qu'elle s'imagine qu'ainsi elle aura payé ses dettes et qu'elle pourra tranquillement retourner dans sa famille. C'est pas convenable.

J. O. – *Et puis ça vous aurait empêché de faire un livre.*

E. BERL. – Ah! non, non, non. D'ailleurs elle aurait été furieuse; elle ne me l'aurait sûrement pas pardonné...

J. O. – *Est-ce qu'elle vous a pardonné le livre?*

E. BERL. – *Méditation,* elle l'avait assez mal pris. *Sylvia,* elle me l'a pardonné. J'ai eu deux personnes pour me dire qu'il ne fallait pas; c'était Anna de Noailles, qui m'avertissait : « Qu'est-ce que ça veut dire d'aimer des jeunes filles qui sont grosses de tout le mal qu'elles font pendant cinquante ans ? » Elle était très contre. Et puis Proust, alors, m'avait dit : « Laissez donc votre Sylvia à l'intérieur de vous-même, il serait très heureux pour vous de la revoir morte à Fontainebleau. Vous pourriez trouver un joli catafalque avec un petit texte dessus, ce serait parfait. » Ce n'était pas du tout acceptable.

J. O. – *Là nous retrouvons très bien l'idée de Proust que l'incarnation de l'amour est une mauvaise chose, qu'il vaut mieux que ce soit un rêve. Proust aime la duchesse de Guermantes, il l'aime surtout lorsqu'elle est encore sur le vitrail...*

E. BERL. – Quand l'amour est un rêve, il vaut mieux qu'il reste rêve. Quand il est la manifestation d'une communication, c'est-à-dire cette espèce de miracle qui fait qu'on comprend une personne alors que généralement on ne comprend rien, alors je crois qu'il n'a pas à être considéré comme un rêve. Remarquez, pour ce qui est de Sylvia, elle a toujours dit qu'il fallait considérer les choses comme des rêves.

J. O. – *Mais, dans ce débat entre Proust et vous, à propos de Sylvia, Proust vous dit, si j'ai bien compris : l'idéal pour vous ce serait que cette jeune fille meure et vous échappe, et votre amour durera. Et vous, vous disiez : pas du tout, je veux la voir, c'est ma fiancée, je veux l'épouser et vivre avec elle. Emmanuel Berl, est-ce que l'Histoire, les événements n'ont pas donné raison à Proust?*

E. BERL. – Non.

J. O. – *Tout de même, cette jeune fille, vous venez de le dire, vous a échappé, complètement, si j'ose dire. Et puis, elle vous a échappé aussi dans l'Histoire, dans ce sens qu'elle n'a pas vécu avec vous, qu'elle a épousé d'autres personnes et qu'elle ne vous a pas épousé, vous, et que, grâce à tout ça, elle est devenue votre grand amour!*

E. BERL. – Ah, mais pas du tout, elle l'était avant! elle ne l'est pas devenue. Elle était mon amour à ce moment-là, ce n'est pas du tout quelque chose qui a évolué après coup : voilà une interprétation proustienne et parfaitement fausse.

J. O. – *Et si vous l'aviez épousée, vous croyez qu'elle serait restée votre grand amour?*

E. BERL. – Moi, j'étais convaincu qu'il fallait l'épouser et que cela ne durerait pas du tout.

J. O. – *Vous me dites que je parle comme Proust, et ensuite vous donnez raison à Proust et à moi !*

E. BERL. – Si Proust s'était borné à dire que les choses de l'amour, et d'ailleurs les autres, tournent généralement mal, il aurait eu absolument raison. Mais il ne disait pas ça, il disait qu'il n'y avait aucune communication possible entre quelqu'un et quelqu'un, ni entre quelqu'un et quelque chose. On ne communiquerait peut-être pas autant qu'on le voudrait ; et d'un autre côté, si on communiquait plus qu'on ne veut, on serait aussi bien ennuyé. Parce que, si j'entendais tout ce que vous pensez en ce moment, peut-être que j'entendrais des choses qui ne me seraient pas agréables.

J. O. – *Pas du tout, si vous entendiez ce que je pense, vous entendriez à peu près ça : oui, bien sûr, ils ont communiqué, Emmanuel Berl lui a dit : je vous aime, j'ai envie de vous, venez ; et puis elle, elle lui a répondu non ; et puis, lui, il a fait un livre.*

E. BERL. – Elle ne m'a pas du tout dit non, elle m'a dit oui, après quoi elle m'a dit : Ma mère et mon père ne veulent pas, je n'ai pas le courage d'aller contre eux.

J. O. – *J'appelle ça dire non.*

E. BERL. – Ah non ! Je lui ai dit d'aller dans une école d'infirmières où j'avais retenu une bonne chambre, où je désirais avant tout qu'elle s'en aille.

J. O. – *Ecoutez, elle vous a dit oui... mais.*

E. BERL. – Mais ça ne prouve rien en ce qui concerne la communication.

J. O. – *En amour, il s'agit de vivre ensemble.*

E. BERL. – Ah, mais pas du tout ! Et d'ailleurs, j'ai encore eu une confirmation de ceci dans *Rachel et autres grâces*, où j'avais écrit mes communications avec une jeune Russe, à Fribourg en 1913, et quand elle a lu le livre, elle s'y est parfaitement reconnue, elle m'a envoyé une lettre et j'ai été la voir à Moscou. Et je l'ai retrouvée parfaitement en communication avec moi.

J. O. – *En un mot, est-ce que vous considérez votre amour pour Sylvia comme un succès ou comme un échec ?*

E. BERL. – Comme un échec.

J. O. – *Ça donne quand même en grande partie raison à Proust.*

E. BERL. – Vous savez, elle n'est pas la seule fille avec qui j'ai voulu me marier et qui n'ait pas voulu. Les échecs, il y en a beaucoup.

J. O. – *Mais vous êtes en quelque sorte un maniaque du mariage.*

E. BERL. – J'ai été aussi pacifiste, et mon Dieu, je n'ai pas non plus très bien réussi, en ce sens que j'ai eu deux guerres.

J. O. – *Vous vous êtes marié plusieurs fois ?*

E. BERL. – Comme j'ai été orphelin très jeune – j'ai perdu ma mère quand j'avais dix-neuf ans –, j'étais tout seul rue de Varenne, j'ai été recueilli là un peu par Mary Duclaux[1] qui m'avait adopté; mais naturellement, j'ai conçu les rapports avec les filles sous les auspices du mariage. D'autant plus que, à mon époque, les filles ne voyaient pas non plus d'autres issues, en principe. Elles pensaient que, ou bien on se mariait avec elles, ou bien on les laissait tranquilles. Elles n'avaient pas tellement l'idée d'avoir des amants.

J. O. – *Elles avaient des amants, mais une fois mariées.*

E. BERL. – Ah oui, pas avant. C'était plus rare : il y avait déjà *Les Demi-Vierges* de Marcel Prévost qui faisait scandale, et quand Léon Blum disait que les jeunes filles pourraient peut-être essayer un peu, avant de se décider, de nouveau un scandale. J'avais, évidemment, assez besoin d'avoir une fille avec moi, parce que les hommes, ça ne peut pas vivre tout seul, ça ne sait rien faire. Je n'ai jamais pu beaucoup me passer des femmes, c'est d'ailleurs une grosse faiblesse.

J. O. – *Vous allez vous faire bien recevoir par les féministes si vous dites des formules comme celle-là.*

E. BERL. – En principe le mariage suppose un certain

---

1. Mary Duclaux était la femme d'Emile Duclaux (1840-1904), biochimiste et directeur de l'Institut Pasteur.

accord des personnes, mais ce que je veux dire, c'est que, dans la position où j'étais, j'avais envie de me marier parce que j'étais seul. Et les filles avaient envie de se marier, parce que c'était la mode.

J. O. – *Alors, en somme, vous aimiez celles que vous ne pouviez pas avoir, et vous épousiez celles qui vous étaient commodes.*

E. BERL. – Ah, non, pas du tout !

J. O. – *Ah bon, heureusement. Vous vous êtes marié trois fois ?*

E. BERL. – Oui.

J. O. – *Et la dernière fois avec Mireille.*

E. BERL. – La dernière fois avec Mireille. Ça a été une décision unilatérale : elle ne voulait pas se marier avec moi, alors j'ai publié dans les journaux que j'étais fiancé avec elle. Quand elle l'a lu dans les journaux, ça l'a impressionnée, et elle s'est dit que puisque c'était imprimé dans les journaux, cela devait être vrai. Elle a été très ennuyée. Elle était à Lille en train de faire un tour de chant, et puis on est venu la féliciter ; elle a demandé pourquoi, et on lui a montré *France-Soir* où il y avait en assez gros que j'épousais Mireille. Alors, elle a dit : mais c'est pas vrai ! Les gens lui ont répondu : vous vous foutez de nous. Et elle a été amenée à se dire qu'après tout, il devait y avoir du vrai. Elle est revenue de Lille, et, après une explication un peu orageuse, elle a pensé que, puisque la moitié du chemin était faite, autant donc aller jusqu'au bout.

IV

Mary Duclaux, le jour.
Proust, la nuit

JEAN D'ORMESSON. – *Comment se sont développées vos relations avec les écrivains et avec la littérature ?*

EMMANUEL BERL. – D'abord, mon cousin Franck était très barrésien.

J. O. – *Est-ce que vous avez connu Barrès ?*

E. BERL. – Très bien, parce qu'il y avait l'adoration de mon cousin Henri Franck pour lui, et puis il y avait Anna de Noailles, et puis je l'ai rencontré chez Mary Duclaux, et puis je l'ai revu chez une jeune amie à moi. Il m'a même écrit pour me remercier de lui avoir fourni une citation de Descartes qui lui avait beaucoup plu. Mais je n'étais pas très barrésien parce que mon cousin l'était tellement qu'il m'en avait dégoûté. D'autre part, il y avait aussi des tas de raisons, et politiques et littéraires. Naturellement, il avait une espèce de position de plus grand écrivain français, à peu près indiscutable, reconnu comme tel par Mary Duclaux avec qui je vivais beaucoup puisqu'elle habitait ma maison et que j'avais pour elle une très respectueuse mais très profonde amitié. C'est une personne qui a été d'une grande bonté envers moi, quand je fus seul et malade, après la guerre de 14.

J. O. – *Qui était Mary Duclaux ? Je crois que c'est un nom qui ne doit plus dire grand-chose aujourd'hui.*

E. BERL. – Mary Duclaux était une Anglaise qui s'appelait Mary Robinson. Elle avait fait, très jeune, des poèmes qui avaient eu un très grand succès en Angleterre. Elle avait été liée aux préraphaélites, très amie avec Browning, beaucoup plus âgé qu'elle, mais qui avait été flatté de son admiration. Là-dessus, elle avait épousé James Darmsteter[1], qui a écrit *Les Prophètes d'Israël* et qui était peut-être un des élèves préférés de Renan. Comme elle est tombée amoureuse de lui, alors qu'elle était ravissante, et que lui était infirme, sa famille en a conçu quelque tristesse, mais les amis de Renan, c'est-à-dire tout le monde, enfin toute la littérature, ont été très séduits par Mary Robinson. Elle a aidé James Darmsteter à diriger *La Revue de Paris*, elle a été amie avec la famille Renan, elle a été amie avec la famille Taine. Et en fin de compte, elle a connu tout le monde. Après la mort de James Darmsteter, le dreyfusisme l'a rapprochée de Duclaux qui fut le successeur désigné par Pasteur pour diriger l'Institut Pasteur après sa mort. Elle l'a épousé. Elle était donc environnée de

---

1. James Darmsteter (1849-1894), linguiste et orientaliste, publia en 1892 *Les Prophètes d'Israël*. Il fut le premier mari de Mary Duclaux.

tous les biologistes. D'autre part, elle était un membre important du jury Femina, et puis elle tenait la critique littéraire dans le *Sunday Times*. Alors, chez elle, je rencontrais tous les gens que je n'avais pas déjà rencontrés chez Anna de Noailles ; Cocteau par exemple, avec qui j'ai toujours été très ami. Jean, je l'avais rencontré chez Anna de Noailles quand j'avais seize ou dix-sept ans. De sorte que la littérature, d'une certaine manière, elle m'est venue de tous les côtés !

J. O. – *Alors qui voyait-on, par exemple, chez Mme Duclaux ?*

E. BERL. – Il y avait vraiment tout le monde. Il y avait, je me rappelle, George Moore [1] qui m'avait impressionné, Barrès et Montherlant. Je voyais M. Goyau, et Lucie Faure-Goyau [2]. Et puis toutes les femmes heureuses, comme je disais : Mme Saint-René Taillandier [3], Noémi Renan [4].

J. O. – *Vous avez connu Jules Romains par votre cousin ?*

---

1. George Morre (1852-1933), admirateur des naturalistes français, publia les *Confessions d'un jeune Anglais* avant de revenir en 1901 en Irlande, où il contribua au renouveau de la littérature celtique.
2. Lucie Faure était la fille du président Félix Faure et la femme de Georges Goyau (1869-1939), secrétaire perpétuel de l'Académie française.
3. Mme Saint-René Taillandier, décédée en 1958, petite-nièce d'Hippolyte Taine, membre du jury Femina, est l'auteur d'*Histoire de Mme de Maintenon* et du *Mariage de Louis XIV*.
4. Noémi Renan, née en 1862, était la fille d'Ernest Renan et de Cornélie Scheffer.

E. BERL. – Oui, il lui avait fait des blagues, il lui avait dit que c'était grâce aux pilules Pink [1] qu'il avait été à l'Ecole normale, alors la publicité des pilules Pink poursuivait mon cousin pour le photographier, et tout. Il tentait de passer à travers mais c'était atroce. Il aimait bien plaisanter à l'époque. J'étais beaucoup plus parisien à dix-sept ans que je ne le suis aujourd'hui. Camus m'avait dit : « Il faut que je vous parisianise un peu », mais j'étais assez parisianisé vers l'âge de vingt ans.

J. O. – *Mais votre première rencontre avec Anna de Noailles n'était pas à Paris ? C'était en Suisse...*

E. BERL. – Non, non, non. Mes rencontres avec Anna de Noailles étaient parfaitement chez elle. J'y ai été fréquemment. C'est-à-dire que... elle m'a emmené avec elle à Munich écouter Wagner. J'écoutais Wagner, puis nous soupions ensemble après, et on allait au musée ; elle me disait d'un air attristé : Ah ! Il faut aller voir les chefs-d'œuvre ! Et puis nous sommes allés en Suisse, à Lausanne. Je l'ai vue aussi à Amphion, justement à l'époque de Sylvia. C'est là où elle me disait que j'avais bien tort de m'entêter avec les jeunes filles, que c'était une erreur complète. Je l'aimais beaucoup.

J. O. – *Est-ce qu'elle était éblouissante ?*

E. BERL. – Oh oui ! La conversation était incroyable. D'ailleurs, elle faisait des monologues, on l'écoutait. Vous savez, c'est comme disait Cocteau : « La comtesse parle. » Et elle parlait comme les cantatrices

---

1. Les pilules Pink étaient, à l'époque, un fortifiant assez connu.

chantent. Tout le temps des mots extrêmement aigus. Parfois pénibles : quand j'étais avec elle à Lausanne, sur le haut d'un escalier, devant trois femmes qui buvaient le thé, elle les montra du doigt et clama : « Regardez-moi ce congrès de maquerelles ! » Je ne savais pas comment rentrer sous terre. Parce qu'elle avait peur de la syphilis, elle mettait tous les couverts dans l'eau bouillante, et elle disait : « Je suis sûre que cette fourchette est syphilitique. » Ça faisait trembler tout le monde ! Son génie verbal était très grand.

J. O. – *Génie verbal qui n'a pas d'équivalent aujourd'hui, n'est-ce pas ?*

E. BERL. – Vous savez on n'en avait pas non plus alors.

J. O. – *Quand même, Cocteau devait avoir aussi une espèce de génie verbal de la conversation.*

E. BERL. – Cocteau avait moins de facilités d'improvisation qu'elle. Mais enfin il avait tout de même une conversation éblouissante.

J. O. – *Quelqu'un d'autre qui, je crois, devait avoir des facilités extraordinaires, c'était Henri de Régnier.*

E. BERL. – Henri de Régnier n'avait pas tellement de facilités de conversation. Il avait une faculté de vers. J'ai habité avec lui, et quand je lui ai demandé pourquoi il faisait des vers libres et pas des vers qui rimaient, il m'a répondu que c'était trop facile : il m'a parlé en alexandrins pendant douze heures. Tout ce qu'il a dit, il l'a dit en alexandrins et qui rimaient.

J. O. – *Oui, vous citez un exemple : « Passez-moi, je vous prie, un peu de votre sel. Pour relever le goût de cette béchamel. »*

E. BERL. – Oui, c'est ça. Tout le temps. Tout ce qu'on voulait. Remarquez, il y en a un qui, lui aussi, avait ce don et qui était Rostand. Je l'ai connu, je l'ai même vu à Thann, quand j'étais soldat ; il est venu avec Barrès et avec Reinach.

J. O. – *Voulez-vous que nous fassions un saut jusqu'à Cabourg et qu'après ces différentes silhouettes, vous nous parliez un peu plus longuement de trois ou quatre personnes que vous avez particulièrement bien connues : Drieu, Aragon, Cocteau et surtout, maintenant, à Deauville, Proust.*

E. BERL. – Mon rapport avec Proust est très particulier, extrêmement sérieux, et a eu une grosse importance dans ma vie.

J. O. – *Je crois que vous avez vu un Proust qui n'est pas celui qu'on dépeint d'ordinaire.*

E. BERL. – Pas du tout. Ce qui s'est passé c'est que, Mary Duclaux m'ayant envoyé un texte de Proust qui était, je crois, *Sésame et les Lys*, je lui avais répondu du front. Et comme c'était le début de la guerre, je n'avais pas encore aussi peur que j'aurais dû... Il y avait des shrapnels, je continuais à écrire malgré eux et il y avait de petits éclats dans ma lettre. Alors comme c'était une lettre très admirative pour la préface de Proust, Mary Duclaux la lui a envoyée. Et Proust m'a écrit, et il m'a envoyé *Swann*, et nous avons échangé une correspondance. J'en ai eu, au moins, la valeur d'un volume et demi que j'ai perdu dans les tranchées. Il a considéré que, étant donné que j'avais risqué d'être tué en le lisant, il avait des obligations envers moi et il m'a fait un cours. Il a voulu m'enseigner les vérités. Je n'ai pas du tout connu le Proust tellement gentil qui vous bourre de champagne et de poulet. Pas du tout. Il me faisait arriver tard et il me faisait asseoir au pied de son lit et puis, j'écoutais et je parlais peu. J'écoutais beaucoup. Il ne m'a jamais donné à boire, ni à manger, même quand j'avais bien soif. Mais il m'a enseigné les vérités, jusqu'à ce que ça tourne mal avec la lettre de Sylvia sur l'engagement, qu'il n'a pas voulu admettre.

J. O. – *Parce que lui n'y croyait pas, à l'amour...*

E. BERL. – Il n'admettait pas qu'il puisse y avoir une communication entre deux personnes vu qu'il considérait qu'il n'en avait pas eu avec sa mère. Là on était sur des complexes; lui sur les siens, moi sur les miens. Bref, ça a tourné mal... Il m'a lancé des pantoufles...

J. O. – *Vous vous êtes vraiment disputés?*

E. BERL. – Ah oui! Disputés... J'ai vu le moment où il allait me taper dessus, n'est-ce pas. J'étais son disciple et mon devoir par rapport à lui était de rentrer dans le travail qu'il accomplissait, c'est-à-dire son roman. Il m'a envoyé d'énormes lettres; j'en ai eu une de soixante-quinze pages sur l'amour et la jalousie – qui étaient en quelque sorte des brouillons, parce que moi, j'étais à ce moment-là à la guerre et la question de la jalousie ne se posait pas beaucoup pour moi puisque je n'avais pas de fiancée. Mais ça ne fait rien. Il m'envoyait donc ses brouillons, par gentillesse, comme des cadeaux – que, vraiment, j'aurais dû mieux conserver.

J. O. – *C'était sa participation à l'effort de guerre.*

E. BERL. – L'idée que j'étais combattant a beaucoup joué dans mes rapports avec lui... Il n'a jamais été question entre lui et moi que d'enjeux essentiels. Enfin, quelquefois, il a fait des imitations de deux ou trois personnes, mais c'étaient des illustrations en marge d'un cours de philosophie qui avait son commencement, son milieu et sa fin.

J. O. – *Alors, ses vérités, c'était quoi ?*

E. BERL. – Ses vérités, c'était la solitude, la non-communication, le péché originel si vous voulez, et la rédemption par l'œuvre d'art. Et le conflit a porté sur cette question de communication. Je n'ai pas du tout cru à la solitude – je me suis souvent senti seul, mais c'est une autre question. Je ne crois pas que nous soyons seuls. Je ne crois même pas beaucoup que nous « soyons ». La mémoire... ah, voilà aussi un conflit avec Proust. Moi, je ne doute pas une seconde de l'oubli parce que je ne doute pas un instant de la mort. Et je ne crois pas à l'immortalité de l'âme. Conséquemment, il paraît évident que pour un souvenir que je garde, il y a cent souvenirs que je perds ; il y en a qui s'en vont dans l'inconscient et, d'ailleurs, il y en a qui vous entrent du dehors. Parce qu'il se peut, à la limite, que j'aie le souvenir d'une chose qui est arrivée à Drieu et pas à moi. Ou d'une chose qui est arrivée à Sylvia et pas à moi.

J. O. – *Ce que je voudrais vous demander maintenant, c'est l'impression « vécue » que vous a donnée Proust. Tout le monde rappelle aujourd'hui – enfin du moins les survivants – ce qu'était cette conversation éblouissante. Vous étiez un jeune homme quand vous l'avez connu, quelle impression vous a-t-elle laissée ?*

E. BERL. – Ce qui était le plus frappant c'était que Proust parlait comme il écrivait. Une fois, je me rappelle qu'il a tournoyé autour de moi pendant vingt minutes, me demandant si mon grand-père n'avait jamais eu de relations avec George Sand, et du côté de ma grand-mère non plus. Et une fois assuré de tout cela, il m'a dit : « Dans ces conditions, je peux bien vous dire que je trouve les romans de George Sand très mauvais. »

J. O. – *Pourtant,* François le Champi *joue un grand rôle dans la* Recherche...

E. BERL. – Oui mais, enfin, il estimait que ce n'était pas bon. Mais il n'osait pas me le dire sans avoir pris toutes les précautions – lui qui devait, après, me dire des choses tellement désagréables. (*Rires.*) D'ailleurs les lettres de Proust sont des brouillons du *Temps retrouvé*... Et en somme, j'ai connu très peu de gens, à part Bergson, qui étaient comme ça. Bergson parlait comme il écrivait et il pensait, probablement, comme il parlait. Enfin, vous avez aussi la coupure complète entre l'écriture et la parole. Valéry me disant : « Excusez-moi, je m'en vais, j'vas piquer un roupillon. » Evidemment, c'est pas du tout comme ça *Le Cimetière marin*... Mais pour lui, quand on écrit, c'est autre chose, n'est-ce pas ? Pour Proust, c'était la même chose. Parce qu'il y avait dans la pensée de Proust une très forte unité. Cela consistait en une ascèse, en somme. Il s'agissait non pas seulement d'être seul mais de récupérer sa solitude, de lutter contre le divertissement.

J. O. – *Oui. On pourrait presque dire qu'il est tombé malade volontairement.*

E. BERL. – Oui... En tout cas, il l'eût accepté comme condition de son travail. Il voulait ça. Et puis, au fond de Proust, je crois qu'il y a eu des missions. Vous savez, le sous-titre d'*A la recherche du temps perdu* était *Histoire d'une vocation*. Les vocations, ce n'est pas la même chose que les choix existentiels. En tout cas quand je l'ai connu, parce que je l'ai connu tout de même assez tard – peut-être n'était-il pas comme ça à dix-huit ans –, Proust s'était considéré comme chargé de mission, et d'ailleurs, chargé de mission justement envers moi, en particulier, et donc envers les autres en général. Proust voulait que je laisse tomber mes histoires – bien qu'il n'y ait pas de communication entre les êtres –, que je me replie bien sur moi-même, que je me serve de l'amour pour échapper à la distraction, que je n'aille pas faire l'imbécile dans les casinos, pour arriver à la couche intérieure – enfin, profonde... – de l'être d'où jaillit l'œuvre d'art. Et je crois qu'il pensait que cette couche existe pour chacun.

J. O. – *Est-ce qu'il vous avait tracé un programme d'action, à vous ?*

E. BERL. – Ah, il m'avait tracé un programme en quelque sorte d'inaction qui était justement : trouvez votre vrai Moi, faites votre vrai livre... comme moi je fais le mien. Au fond, Proust avait de l'affection pour moi dans la mesure où j'entrais dans sa littérature, où j'étais une confirmation des règles qu'il posait. Et comme il y a tout de même la générosité, il espérait que dans la mesure, faible, de mes moyens, je ferais quand même comme lui. Qu'enfin, je devais faire ma *Recherche du temps perdu*. Et, en fin de compte, je l'ai dans une certaine mesure faite, mais seulement très mal. Oui, tout Proust c'était : comment faire pour n'être pas futile...

J. O. – *Vous n'avez pas connu le Proust futile ? Vous n'avez pas connu le Proust de chez Maxim's.*

E. BERL. – Absolument pas.

J. O. – *Ni même le Proust des bals...*

E. BERL. – Absolument pas. La seule chose futile a été la lettre qu'il m'avait écrite quand j'étais à Evian, et que j'attendais la réponse de Sylvia, pour me recommander à toute une série de châtelains dont les demeures étaient d'ailleurs inaccessibles vu qu'il n'y avait pas de communications, que c'était la guerre, et que je n'avais aucunement l'intention de les visiter. C'est la seule manifestation futile dans mes rapports avec Proust. Et, même pendant la guerre, il ne m'a pas demandé si j'avais besoin de chaussettes ! Il m'envoyait une dissertation sur Flaubert, et puis ça allait comme ça.

J. O. – *C'est peut-être vous qui avez connu le Proust le plus authentique !*

E. BERL. – Ah, j'ai connu le Proust le plus prédicateur. Voilà ce qui est certain... Il a voulu m'élever et il n'y a pas réussi. Ça c'est sûr. Et je crois que, à la plupart des autres gens, comme il les voyait dans un autre cercle, disons à l'intérieur d'une autre structure, il voulait plaire, déplaire, entrer dans un certain jeu. Avec moi, il n'y avait pas de jeu, n'est-ce pas, il n'y avait pas de rivalité même malgré les nombreuses relations communes qu'on avait – puisque sa mère était d'une famille parente par alliance de la mienne. Les tiers ne sont jamais intervenus dans mes rapports avec lui...

J. O. – *Et quand vous voyiez Proust, vous aviez, à l'époque, l'impression du génie ?*

E. BERL. – J'ai eu l'impression d'une très grande importance, mais je crois que j'ai sous-estimé le génie. Maintenant, n'est-ce pas, il faut penser que tout de même je n'avais connaissance que du premier volume de la *Recherche*.

J. O. – *Oui, mais par vos contacts avec lui...*

E. BERL. – Là j'ai eu l'impression d'une personnalité de très grand plan. C'est la seule personne qui m'ait impressionné depuis Bergson... Parce que Husserl m'avait impressionné, mais je ne comprenais rien à ce qu'il disait, ce qui rendait tout de même difficiles les rapports. Et Malraux à un certain moment.

J. O. – *Ne quittons pas Proust avant de vous poser une dernière question. Après votre brouille, vous ne l'avez pas revu ?*

E. BERL. – Jamais.

J. O. – *C'est quand même dommage – tout ça pour savoir si on peut, ou pas, « communiquer » avec des jeunes personnes – d'avoir rompu avec Proust.*

E. BERL. – Ecoutez, certainement il n'avait aucun intérêt envers moi. Parce que, de l'intérêt mondain, ou humain, il n'en a jamais eu. Alors il n'y avait pas de raison qu'il en ait. Moi non plus, d'ailleurs, je n'en avais pas. Proust et moi, bon, ça voulait dire des leçons dans sa chambre, mais je ne lui ai jamais demandé comment ça allait. J'étais là pour écouter ses leçons, il était là pour me les donner. Quand il s'est aperçu que je n'étais pas foutu de les comprendre, il m'a viré, il m'a dit que j'étais bête bê-ê-ête, et bê-ê-ête... Et puis voilà. Alors, si j'étais revenu, il m'aurait dit que j'étais encore plus bête qu'il ne croyait, et puis c'est tout ce que j'aurais obtenu.

V

Mon voisin Cocteau.
Seul comme Drieu

JEAN D'ORMESSON. – *Emmanuel Berl, je voudrais qu'aujourd'hui vous nous parliez d'un autre écrivain que vous avez bien connu, Jean Cocteau.*

EMMANUEL BERL. – Proust a joué un très grand rôle dans ma vie intellectuelle. Jean a été pour moi un ami. Je l'ai beaucoup admiré quand j'étais jeune, je l'ai beaucoup aimé quand il habitait rue Montpensier et que j'allais le voir tous les jours en revenant du marché. C'était un ami de mon cousin Henri Franck. Mais, vous savez, le premier livre de Cocteau s'appelait *La Danse de Sophocle* et c'était un peu inspiré de ce que mon cousin avait écrit, *La Danse devant l'Arche*. Je l'ai vu chez Anna de Noailles où il avait ces conversations éblouissantes. Il m'a envoyé, je me rappelle, un pneumatique urgent, pour me dire qu'il fallait aller à la première du *Sacre du printemps* – ce que j'ai fait. Et j'ai assisté aux hurlements qui ont suivi...

J. O. – *Cette espèce de première d'*Hernani...

E. BERL. – Et, malgré tout, il y avait plus de contre que de pour. C'est peu à peu que ça s'est installé, *Le Sacre du printemps*, mais enfin, on l'avait reçu dans la figure.

J. O. – *C'était quelle année*, Le Sacre du printemps ?

E. BERL. – Oh, c'était avant la guerre, en 1913. Et il y avait le côté parisien de Jean, n'est-ce pas, qui connaissait tout le monde, qui avait une aisance incroyable, et puis cette adresse à tout faire. Vous savez, je l'ai vu au Bœuf sur le toit, il m'avait dit : « C'est la plus grande bataille de la guerre ! » Cela avait froissé un peu en moi le soldat du 356ᵉ... Il est venu, un peu avant la guerre, la seconde, habiter ici. C'est moi d'ailleurs qui lui ai fait habiter le 36, rue Montpensier. C'était vraiment un voisin bien agréable. J'entrais dans sa cuisine, je déposais mes petits paquets, et alors on discutait ensemble. Naturellement, plus le temps passait, plus il était content de me voir parce que le nombre des morts augmentait et finalement, j'étais maintenant une des seules personnes qui l'ait vu rue d'Anjou, qui l'ait vu chez Anna de Noailles, qui l'ait vu avec Barrès...

J. O. – *Il y a quelque chose qui me frappe : quand vous me parlez de Mme de Noailles, quand vous parlez de Cocteau, quand vous parlez de Proust, il semble toujours que la conversation de tous ces écrivains fût éblouissante. Il semble qu'il y a quelque chose là qui a quand même disparu. J'admire infiniment Sartre, Camus ou Montherlant qui, me semble-t-il, réservent tout ce qu'ils ont à exprimer pour la littérature écrite.*

E. BERL. – Mais ce qui est vrai, n'est-ce pas, c'est que dans le Paris d'avant-guerre la conversation jouait un grand rôle. Il y a eu un ami de mon oncle, Alfred Berl, également proche d'André Berthelot, qui s'appelait Marcel Theaux. C'était un causeur éblouissant et, pour le récompenser, on l'avait nommé bibliothécaire au Sénat; il était entendu qu'on devait l'entretenir! Il vivait comme ça très bien.

J. O. – *Et Cocteau avait une conversation éblouissante ?*

E. BERL. – C'était la conversation élevée au rang d'œuvre d'art... Parce qu'il avait des anecdotes qu'il répétait, qu'il mettait au point, et puis quand c'était bien au point, alors il les répétait sans y changer un mot. Quand il était fatigué, il faisait tourner le disque qu'il avait d'abord gravé. Quand je l'ai connu chez Anna de Noailles, il était vraiment soucieux de sa conversation comme on peut être soucieux de sa littérature. Il a toujours parlé de poésie, vous savez, il disait « poésie-critique, poésie-roman », mais là, il y avait une poésie de conversation...

D'autres, qui étaient de très grands hommes, n'avaient pas de conversation. Je n'ai pas vu beaucoup Claudel, mais enfin je ne me rappelle pas que sa conversation fût éblouissante, et je ne crois pas qu'il désirait qu'elle le fût... Gide non plus ne le désirait pas du tout. D'abord, le mot « éblouissante » l'aurait irrité !... C'était une fonction sociale. Ça répondait à l'existence de milieux déterminés. Mary Duclaux m'avait dit que Byron avait été célèbre en une matinée. Mais il avait été célèbre en une matinée parce que c'était un temps et un lieu où la célébrité, ça voulait dire cinq cents personnes. C'est comme la publication de *La Nouvelle Héloïse*. Rousseau est devenu illustre parce que trente femmes du monde l'avaient lu. Alors, de nos jours, ce n'est plus tout à fait la même chose, et certainement, la conversation a perdu de son importance. Et puis on s'éloigne de plus en plus du temps où les duchesses faisaient nommer les préfets, où, justement, si l'on avait eu un mot heureux à un dîner ou dans un salon, on vous mettait secrétaire d'ambassade.

J. O. – *Cocteau était extrêmement lié à une certaine forme de société et, en même temps, il était un peu en révolte contre cette société.*

E. BERL. – Il disait que Paris était tout petit. C'est vrai. « Il y a trois restaurants, deux bars, quatre courtisanes, deux poètes contestables : Maurice Rostand et moi... », disait-il. Et puis alors, il y a eu le moment où il a découvert le cubisme, où il a découvert Apollinaire, Montparnasse, etc. et où il a changé un peu de bord. Il n'a pas changé tout à fait, n'est-ce pas, parce qu'il a continué à habiter la rive droite et ensuite parce qu'il n'a jamais été pleinement adopté par la rive gauche. Jean était comme moi : je crois qu'on était à peu près les seuls de notre génération à être parisiens. Lui et moi, si vous voulez, à seize ans, on connaissait tout le monde.

J. O. – *Alors il y a un autre personnage dont je voulais vous parler et qui a joué, je crois, un rôle beaucoup plus important dans votre vie, peut-être un rôle comparable à celui de Proust : c'est Drieu La Rochelle.*

E. BERL. – On ne peut pas comparer ces rôles parce que j'ai tout de même abordé Proust comme un maître ; j'étais là comme un élève. Drieu, au contraire, a été à certains égards mon meilleur ami. J'ai vécu avec, je me suis brouillé avec lui, mais ma brouille avec Drieu n'a aucun rapport avec ma brouille avec Proust. D'abord je me suis brouillé avec lui pour des motifs que je n'ai pas connus, qui étaient les dissentiments politiques, etc. La première fois que je l'ai vu, c'était avant la guerre : une espèce de petit adolescent un peu étriqué, dans des vestons un peu trop petits, très timide. Il m'a dit que j'étais en train de faire l'imbécile, qu'il fallait tout de même rentrer à Paris.

J. O. – *Qu'est-ce que voulait dire : faire l'imbécile ?*

E. BERL. – Faire l'imbécile c'était rester à la campagne, en dehors de tout, ne sachant même pas ce que c'était que le surréalisme, ne suivant aucune exposition de tableaux, m'occupant des mystiques espagnols ou de choses comme ça... Il trouvait que je devais tout de même rentrer dans le siècle. Alors, il est arrivé cette fois-là en merveilleux jeune dandy, bien habillé, très plaisant à voir, avec l'élégance qui lui était propre, avec ses épaules en portemanteau, sa maigreur. Il était déjà sensible au physique des gens. Il venait d'écrire *Interrogation* (1917), il était un jeune poète en vue, dont on espérait les plus grandes œuvres. Lui-même a toujours visé très haut, il n'avait aucune espèce de modestie dans ses projets. Il en avait beaucoup dans sa personne mais il voulait des choses très grandes. Il voulait être, mettons, Chateaubriand si tout marchait mal *(rires)*... Il m'a beaucoup impressionné. J'ai passé avec lui un été entier à Guéthary – c'est l'été où j'ai écrit *Méditation sur un amour défunt* –, je l'ai suivi dans les méandres de ses aventures sentimentales, je suis même intervenu comme il l'a raconté dans *Drôle de voyage*. On s'est lu tout ce qu'on écrivait, il m'a expliqué que je faisais trop de fautes d'orthographe, moi je lui ai expliqué que ses livres n'étaient ni faits ni à faire. On s'est dit toutes les choses désagréables qu'un écrivain peut dire à un autre écrivain, ou un ami à un autre ami. Les rapports avec lui étaient toujours très charmants, parce que toujours incertains : Drieu, il ne vous quittait pas, et tout à coup il s'évaporait. Il disparaissait on ne sait comment, on ne le voyait plus. Tout à coup il disait : « Bah, je crois qu'on s'est suffisamment parlé », et puis c'était fini. Après il vous téléphonait, il revenait... Il avait cette énorme inquiétude de l'esprit et le souci d'art qui était très profond – il voulait faire une œuvre d'art, ce qui m'étonnait toujours parce que moi, je n'ai jamais eu l'idée de faire une œuvre d'art... et lui se situait déjà dans l'esprit entre tel grand romancier anglais et tel grand romancier russe. Il est passé par toutes les opinions. C'était toujours assez difficile à suivre parce qu'il n'aimait pas tellement la netteté des idées. Il aimait bien que ça s'évapore un peu, que ça devienne nébuleux, n'est-ce pas... une espèce de théorie générale du racisme, une espèce de théorie générale de l'Histoire, qu'il ne mettait pas au point mais qu'il n'avait pas non plus envie de mettre au point.

J. O. – *Mais déjà le racisme à cette époque-là ?*

E. BERL. – Ah oui, il nous a embêtés avec l'histoire des dolichocéphales blonds et des brachycéphales bruns. On lui a dit : « Maintenant, la prochaine fois que tu nous parles des brachycéphales, on te casse la tête. »

(Rires.) Ce n'était plus tolérable. Lui, il a toujours été impressionné par ces théories fumeuses. Dieu sait qu'on ne pouvait pas prévoir l'antisémitisme et le nazisme – il est venu avec la guerre –, qui l'aurait absolument épouvanté. Si on lui avait prédit son avenir en 1933, il ne l'aurait jamais cru. Mais il y avait toujours l'enrichissement perpétuel qu'il vous donnait, parce qu'il avait une espèce de complicité avec l'ensemble de l'univers. Il recevait les ondes de la Russie, de l'Amérique, de l'Asie, de partout! Et toujours cette insatisfaction permanente, ces amours toujours déçues, ces amitiés toujours remises en question, cette solitude qui ne le laissait jamais seul mais qui ne faisait pas non plus qu'il fût jamais avec quelqu'un... Je ne peux pas penser à lui comme je penserais à d'autres parce que, au fond de mon cœur, je trouve qu'on n'est pas innocent de son suicide. Il nous a à tous donné plus qu'on ne lui a donné. Il n'y a pas un ami de Drieu qui n'ait pas reçu de lui plus qu'il n'a donné. Il est mort entouré de femmes, alors qu'aucun de ses amis ne s'est réellement occupé de lui malgré les avertissements terribles qu'avaient été ses deux premiers suicides. Je lui dois énormément. On a fait ensemble un journal, sans doute la première vraie activité journalistique que j'aie eue, *Les Derniers Jours*[1]. C'était une espèce de pari qu'on avait fait et puis qu'on a en somme tenu. Et puis naturellement, comme toujours avec Drieu, il en a eu assez; moi aussi d'ailleurs! Et puis les autres peut-être ne désiraient pas tellement qu'on continue.

---

1. *Les Derniers Jours* paraissent du 15 février 1927 au 8 juillet 1927 en sept livraisons. L'article de Drieu commençait par : « Tout est foutu. Tout? Tout un monde, toutes les vieilles civilisations – celles d'Europe en même temps que celles d'Asie. Tout un passé qui a été magnifique s'en va à l'eau, corps et âme. »

J. O. – *D'où venait ce titre étrange*, Les Derniers Jours, *les derniers jours de quoi ?*

E. BERL. – C'était de la civilisation. Le premier article de Drieu commençait par : « Tout est foutu. Quoi ? Tout un monde. »

J. O. – *A quelle époque ?*

E. BERL. – En 1927, On a parlé de son esprit prophétique. Ça a l'air d'une blague parce qu'il s'est tout de même beaucoup trompé, mais il y avait quand même du prophétique chez Drieu, un sens de la décomposition, l'obsession de la décadence française. A travers toutes les erreurs faites, qu'il a multipliées, il y avait un élan d'esprit vers l'avenir qui était quand même juste, qui tombait en fin de compte sur quelque chose ; seulement quelque chose d'assez flou parce qu'il ne savait pas bien si c'était le socialisme, le communisme ou le fascisme. D'ailleurs il expliquait un peu que tout ça, c'était la même chose. Il n'était pas non plus détaché du christianisme... C'était une bouillie, mais il y avait en elle une prophétie : une prophétie nietzschéenne du malheur dans lequel allait tomber l'Europe, et un amour de l'Europe qu'il a d'ailleurs exprimé dans *Genève ou Moscou*[1]. On ne savait pas très bien ce qu'il entendait par Europe parce qu'il s'occupait des Allemands mais il ne savait pas l'allemand, il n'a pas du tout lu la littérature allemande. Il était anglophile. Il savait très bien l'anglais, il lisait à peu près toute la littérature anglaise. Il avait une notion du péril, le sentiment que tout allait crouler.

---

1. *Genève ou Moscou* est paru en 1928.

J. O. – *Vous savez, dans tout ce que vous me dites là, il y a quand même quelque chose qui me frappe, c'est qu'il y a quelques traits qui peuvent, je ne dis pas annoncer le fascisme, mais l'expliquer au moins après coup : décadence, recherche d'une fraternité d'armes, prophéties dans une bouillie... Ce sont des pierres d'attente pour quelque chose qui peut devenir le fascisme.*

E. BERL. – Ça l'est devenu dans un certain sens. En un autre sens, ça ne l'est pas non plus devenu parce qu'il n'y a qu'à consulter son journal. A la fin de son journal intime, il met : « Je ne peux plus écrire un mot sans que mon communisme ne transparaisse. » C'est tout de même une drôle de fin pour un fasciste. Et puis il y avait l'obsession d'Aragon chez Drieu : sa grande admiration littéraire a été Aragon. Il s'est considéré comme en dette avec Aragon, en raison du talent qu'Aragon manifestait. C'est d'ailleurs même assez beau. Il y avait chez Drieu une générosité naturelle que je n'ai presque plus rencontrée. J'ai été impressionné par l'exubérance de la joie de Drieu quand il a lu *Les Conquérants* d'André Malraux, il se tapait les cuisses et il disait : « Ah, le petit copain ! » et la même joie, il l'avait eue en lisant *Le Libertinage* d'Aragon. Il avait vraiment le désir que d'autres gens, comme lui, écrivent de bons livres et il constatait naturellement que, le plus souvent, ce désir n'était pas exaucé. A cet égard, il est irremplaçable. Je crois que, aujourd'hui encore, si je recevais, par exemple, un manuscrit tout à fait génial, mettons *Les Illuminations*, je ne sais pas très bien ce que j'en ferais. Alors que du vivant de Drieu, il n'y avait pas de problème, je le portais chez Drieu et il se serait battu jusqu'à la mort pour le faire paraître. Il aurait payé au besoin en s'endettant, il aurait obligé la NRF, en invoquant, qui sait, n'importe quoi, mais il se serait absolument arrangé, et il aurait fait venir Rimbaud comme l'a fait venir Verlaine.

J. O. – *Vous avez parlé tout à l'heure de deux suicides manqués.*

E. BERL. – Il a fait deux tentatives de suicide qui ont avorté.

J. O. – *Mais juste avant sa mort ?*

E. BERL. – Sa mort n'a réussi qu'à son troisième coup. J'aurais dû aller le trouver. Je sais bien qu'à cette époque c'était difficile, c'était l'époque de la Libération, on n'avait pas beaucoup de contacts, ni beaucoup de moyens de transport. Je ne savais pas où il était et j'ai pas pu arriver à le joindre. Mais je lui avais préparé des cachettes en Corrèze. On a tous cru qu'on s'occupait de lui et puis, au fond, on ne s'en est pas occupé. Il y avait chez Drieu un fond suicidaire dont on avait parlé depuis le début, qu'il explique lui-même dans *Récit secret*. Mais je crois qu'il était récupérable avec un petit peu d'amitié et que ce petit peu d'amitié lui a fait défaut.

J. O. – *Vous parliez des femmes autour de Drieu La Rochelle. Dans ses livres, dans* Gilles *par exemple, il se présente quand même plutôt comme un séducteur, ou du moins son héros apparaît plutôt comme un séducteur, et vous avez parlé d'amours malheureuses.*

E. BERL. – Drieu était en effet un séducteur en ce sens que peu de femmes lui résistaient. Je pourrais dire que je n'en ai même pas vu qui lui résistaient, seulement, elles le décevaient toujours. Il disait toujours : « Bon, tu as raté une fois de plus », et la femme n'était elle-même pas non plus tellement sûre d'avoir eu raison, si vous voulez. Tout cela finissait assez mal. D'ailleurs, il n'y a qu'à lire ses livres et, même, à consulter sa biographie. Qu'il fût très séducteur, c'est certain parce qu'il avait un grand charme, un grand désir des femmes, un grand besoin d'être aimé, et par ailleurs une misogynie épouvantable... qui a été un des éléments de son suicide. Drieu ne pouvait pas vivre complètement entouré de femmes, sans hommes.

J. O. – *Il avait épousé une Américaine, n'est-ce pas ?*

E. BERL. – Non, il n'avait pas épousé une Américaine[1]. Il aurait voulu l'épouser et elle n'a pas voulu. Ça, ça a été un des grands coups sentimentaux. Il était bien décidé. Et puis au dernier moment – elle était mariée, il faut bien dire, cette Américaine, et elle avait des gosses –, alors, au dernier moment, elle a trouvé qu'il valait mieux quand même rejoindre l'Amérique et les gosses. Et elle l'a lâché. Et je le sais parce que j'ai été lui faire une scène, à elle. C'est d'ailleurs une des raisons qui a fait que Drieu s'est mis à croire à la grande faiblesse de l'Amérique. Une des dernières phrases qu'il m'a dites quand je l'ai vu tardivement à

---

1. Il s'agit de Connie Wash, surnommée Dora, qu'il rencontre à Biarritz en 1927. Dans son *Journal*, le 23 décembre 1939, il écrit : « Je ne l'ai pas désirée assez longuement, assez fortement. C'est elle que j'ai le plus aimée et pourtant je ne l'ai pas encore assez aimée. »

Vichy, c'est : « Je connais les Américains, ils sont faibles. » Ce n'est peut-être pas une définition tout à fait satisfaisante...

J. O. – *Avons-nous prononcé le mot d'opiomane ? Je crois que Sartre dit que Drieu était opiomane.*

E. BERL. – Je lui ai fait dire que c'était ridicule de raconter cela. Drieu avait horreur de l'opium, horreur des toxiques : il en avait une peur bleue. Il disait que c'était le vice des concierges, ce qui l'a mis mal avec une série d'amis opiomanes.

Il a été épouvanté par le cas Rigaut [1], voilà pourquoi il a écrit *Le Feu follet* (1931). Il a vu la toxicomanie le ronger comme la gangrène. Personne n'était plus hostile à l'opium que Drieu.

---

1. Jacques Rigaut (1898-1929), ami des surréalistes, héroïnomane et opiomane, se suicida en se tirant une balle dans le cœur. Il inspira à Drieu *La Valise vide* (1923) et *Le Feu follet* (1931).

VI

*Le gendarme Breton
met de l'ordre autour de lui*

JEAN D'ORMESSON. – *C'est Drieu qui vous a présenté aux surréalistes ?*

EMMANUEL BERL. – On ne peut pas dire qu'il m'a présenté aux surréalistes : j'ai revu chez lui, à Guéthary, Aragon, et on a passé l'été ensemble. J'ai passé avec Aragon les deux étés suivants puisqu'il est venu chez moi. C'est Aragon qui m'a mené au Café Cyrano. J'ai tout de suite trouvé beaucoup d'amis dont Roland Tual[1] que je regrette infiniment.

J. O. – *Et quelles étaient les relations entre Drieu et les surréalistes ?*

E. BERL. – Les surréalistes, c'est toujours difficile : il y en a plusieurs groupes. D'ailleurs, la meilleure preuve

---

1. Roland Tual, cinéaste et ami des surréalistes, était le second mari de Colette Jeramec, qui avait d'abord épousé Drieu.

tient dans leurs scissions. Il y avait cette espèce de passion de Drieu pour Aragon et pour sa littérature. Drieu avait une très grande estime pour Breton. Il avait beaucoup plus de scepticisme en ce qui concernait la peinture surréaliste. Et puis alors, un certain dédain pour la discipline surréaliste, vous savez, pour l'obligation d'être à 5 heures et pas à 5 heures 5 au café, signer les manifestes, défiler quatre par quatre. Les anciens combattants trouvaient que pour constituer un régiment, ce n'était pas la peine d'aller au Cyrano, que le mieux était d'aller dans un bataillon de chasseurs.

J. O. – *Quels étaient les sentiments de Breton et d'Aragon à l'égard de Drieu ?*

E. BERL. – Breton c'est une chose et Aragon en est une autre. Breton, c'était la condamnation, n'est-ce pas. Il était très dur, il y avait une doctrine, il fallait qu'on souscrive à ses propositions, sans quoi l'on était excommunié. Quand on était en retard au Café Cyrano, il fallait avoir un bon motif d'excuse, dire qu'on avait rencontré une femme bouleversante ou quelque chose comme ça. Autrement, rien n'allait. Drieu n'était pas capable d'arriver à l'heure, au Café Cyrano, et puis de souscrire ces propositions, de signer toutes les lettres d'injures, etc.

J. O. – *Les lettres d'injures étaient toutes préparées d'avance ? C'étaient des catégories administratives qu'on choisissait d'après l'état des choses et les destinataires ?*

E. BERL. – Ah non, non, non ! C'était toujours rédigé avec beaucoup de soin, dans un français tout à fait impeccable et ordurier par Breton. C'était très sérieux. Disons le premier degré de la contravention. On commençait par la lettre d'injures, après on voyait s'il fallait aller plus loin, peut-être aller aux coups et blessures, ou je ne sais quoi. C'est devenu un genre littéraire, la lettre d'injures surréaliste devrait prendre place dans les anthologies. Je crois qu'il y a eu des pastiches faits par Fargue.

J. O. – *Tout ça était très organisé, presque un peu administratif, non ?*

E. BERL. – Ah, il y a toujours eu de l'ordre autour de Breton. Ils avaient une petite Eglise, les surréalistes. On était impressionné, parce que, tout de même, c'était un très beau groupe, avec vraiment beaucoup de talents : Breton, Aragon, Soupault, Max Ernst, Masson, Miró...

J. O. – *Quels étaient les liens de Picasso et des surréalistes ?*

E. BERL. – Ah, disons plutôt les liens du surréalisme et de Picasso. Après l'espèce de révolution de Dada où plus rien ne subsiste, après le nihilisme complet de Tzara...

J. O. – Qui est à peu près contemporain de la guerre.

E. BERL. – Oui, c'est le nihilisme inspiré par la guerre, auquel nous avons tous adhéré. Moi aussi. On a tous pensé que cela avait un caractère évident : zut pour tout. Comme Breton était un esprit sérieux, il a essayé de remettre de l'ordre.

J. O. – *Fils de gendarme.*

E. BERL. – Il était fils de gendarme. Mais enfin, il était aussi, si vous voulez, descendant de Bossuet. C'est-à-dire qu'il voulait d'abord éviter les hérésies, marquer les variations, avoir une bonne doctrine, écrire un bon français, et donc remettre de l'ordre dans tout ce fouillis. Alors il l'a remis. C'est-à-dire, il a remis à leur place la psychanalyse, le cubisme, mettons Rimbaud et Lautréamont, le romantisme méconnu, Pétrus Borel, l'humour noir. Tout ça était reclassé. Voilà ce que voulait dire le mot Révolution! Il a été obligé d'aller trouver Picasso, mais on ne peut quand même pas faire de Picasso un disciple du surréalisme. C'est le surréalisme qui a revendiqué Picasso comme il a revendiqué Lautréamont. Parce que Picasso était tout de même déjà acquis en 1905. Alors cela débouchait avec *Parade*, avec, je me le rappelle, *Les Arlequins*. C'était déjà extrêmement cher. Là-dessus, il y a eu le krach commercial qu'on a eu avec la banque de Kahnweiler[1] : les surréalistes ont vécu de ça ; ils se sont précipités. Breton a acheté tout ce qu'il a pu quand on a fait cette vente scandaleuse des biens de Kahnweiler, et...

J. O. – *Les choses se sont vendues pour des bouchées de pain ?*

E. BERL. – Pour des bouchées de pain.

J. O. – *Comment ça s'est passé ?*

---

1. Daniel Henry Kahnweiler (1884-1979), marchand d'art, ami des cubistes et beau-frère de Michel Leiris, était atteint par la crise de 1929.

E. BERL. – Comme il y avait un monopole du cubisme, quand vous mettez tout sur le marché, le cours baisse. Il n'y avait pas un public assez grand pour acheter cette quantité considérable de tableaux. Je pense qu'il a dû y avoir à ce moment-là des dessins de Picasso vendus pour 50 francs, des petits tableaux de Braque très bon marché. Et Breton a bien vu ça. Les surréalistes ont eu un discernement très grand en matière de peinture. Breton a eu presque une manière d'infaillibilité. Alors, quand j'ai été le voir, ce fut avec beaucoup de respect, ou quelque chose comme ça...

J. O. – *Il était très intimidant ?*

E. BERL. – Oui. Parce qu'il était assez hautain et qu'il était sûr de lui, sûr de ce qu'il pensait. Moi, je ne suis pas tellement sûr de ce que je pense. J'avais été impressionné, mais j'avais surtout été séduit. On devait d'ailleurs faire ensemble une collection de livres qui se serait appelée « Le Salon particulier ». Les événements ont empêché cette collection de se faire.

J. O. – *Qu'est-ce que c'était ?*

E. BERL. – C'était une sorte de bibliothèque, si vous voulez.

J. O. – *Mais quel genre de livres ?*

E. BERL. – De tout. Prendre un livre de Sade. Refaire une édition de Lautréamont. Publier des poèmes d'Eluard, je ne sais pas, de tout le monde. Finalement, il était là comme un poteau indicateur auquel on pouvait toujours se référer. Du moment qu'il avait condamné quelque chose, c'est qu'en tout cas ce n'était pas défendable d'une certaine façon et dans une certaine perspective.

J. O. – *Il a peut-être été le dernier chef d'école littéraire.*

E. BERL. – Ah oui ! Quand je suis revenu à Paris, je savais qu'Apollinaire était un poète, j'avais même acheté les livres obscènes qu'il publiait, mais je n'avais pas estimé Apollinaire à sa juste place, vous voyez. Breton a bien mis Apollinaire à sa place et puis enlevé d'autres de la leur.

J. O. – *Et ça, marchait de façon autocratique ? Ou il y avait des espèces de conciles au Café Cyrano ?*

E. BERL. – Non, c'était assez autocratique. Breton avait raison. Et voilà. Seulement, ça n'a pas duré parce que tout s'est divisé : il y a eu la division par le communisme. Breton s'est retiré de la cellule du Gaz rue La Fayette en 1926, où en somme il avait été assez mal accueilli puisqu'on lui demanda un rapport sur la situation italienne. Et ceux qui sont restés n'ont plus du tout été d'accord avec ceux qui sont partis et, une fois la division admise, elle n'a fait que s'accroître.

J. O. – *Est-ce qu'on peut dire qu'il y avait une morale surréaliste ?*

E. BERL. – Si vous leur aviez dit autre chose, ils seraient devenus fous ! Breton dit lui-même à Masson qu'il admet que le surréalisme est un échec complet en matière de poésie, en matière de peinture, mais qu'au moins il lui reste la morale. Je ne sais d'ailleurs pas très bien ce qu'il voulait dire par là. Mais, naturellement, il y avait pour lui une morale, à tout moment, et toutes les œuvres étaient jugées du point de vue de la morale. Seulement, il avait beau être moraliste, il avait le goût de la qualité, et de la poésie, et de la peinture, ce qui faisait évidemment qu'il ne se trompait guère. Et ensuite, il s'arrangeait tout de même pour trouver des justifications morales. Par exemple, à la Libération, il y avait une certaine condamnation morale qui flottait autour de Derain : jamais il ne l'a acceptée. Enfin, il n'a pas dit que Derain avait eu toujours raison, mais il a dit qu'il n'acceptait pas de discussion sur le fait que Derain était un grand peintre.

J. O. – *Est-ce qu'il y a certaines de vos œuvres qui ont été marquées par le surréalisme ?*

E. BERL. – Peut-être *La Route numéro 10* parce que c'est tellement mauvais que...

J. O. – *Votre phrase est tournée de façon étrange !*

E. BERL. – Non, parce que, quand on est affaibli, on est sujet aux influences extérieures. Alors peut-être que, comme c'était un très mauvais livre, on trouverait des morceaux de surréalisme dedans. Mais je crois que je n'étais pas fait pour le surréalisme. D'abord il y avait la discipline, et je n'aime pas ça. L'appartenance, et je n'aime pas ça. Et puis, il y avait la question de l'art : le surréalisme voulait faire des œuvres d'art. Il soutenait le contraire mais en vérité l'ambition, c'était l'œuvre d'art. Moi, je n'ai jamais voulu faire des œuvres d'art.

J'ai voulu couper mes morceaux dans un magma de pensées qui tournent dans ma tête depuis que je suis petit jusqu'à maintenant. Quand on est très influencé par les peintres comme les surréalistes, un tableau est nécessairement une œuvre. Dans l'écriture, c'est plus difficile : mettons les lettres de Diderot à Sophie Volland, c'est excellent mais ce n'est pas une œuvre d'art. Les *Maximes* de La Rochefoucauld, c'est certain qu'elles furent élaborées dans les conversations, puis jetées sur le papier. Le poème est tout de même un objet, comme le tableau, qui doit pouvoir être mis sur la table et tenu dans les mains.

J. O. – *Et alors comment se débrouillait Drieu là-dedans ? Il était soumis à Breton ?*

E. BERL. – On ne peut pas dire. Drieu n'était pas soumis du tout, il n'a jamais été surréaliste, il n'a jamais voulu signer, d'ailleurs moi non plus. Mais, il était obsédé, parce que, pour lui, ils étaient les seuls écrivains qui comptaient. Il a, évidemment, été bouleversé par Aragon. Il se sentait tout le temps coupable, parce qu'il trouvait qu'Aragon avait un talent immense et qu'à ce moment-là il n'avait pas d'argent...

J. O. – *Mais il n'y a jamais eu de drame entre vous, d'une part, et Drieu, d'autre part, et le surréalisme ? Vous n'avez jamais eu d'exclusion, de lettres d'injures...*

E. BERL. – Non. J'ai été triste de la mort de Breton. Lors de notre dernière rencontre, chez Stock ou dans un café près de la NRF, on avait parlé très amicalement. D'abord il était courtois, avec même une certaine affabilité. C'était l'affabilité du souverain.

J. O. – *Il est tout de même assez admirable que Breton ait résisté jusqu'au bout à l'embourgeoisement, aux honneurs...*

E. BERL. – D'abord il était très intelligent. Il voyait aussi ce que ça avait de ridicule, l'embourgeoisement, ou ce que cela aurait eu de ridicule. Il voyait aussi ce que cela avait de contradictoire, d'impossible et de dangereux. Il y avait la solidité de son esprit : c'est le seul qui savait vraiment ce qu'il pensait. Il n'avait pas toujours raison, mais au moins il savait ce qu'il pensait, alors que, Drieu et moi, avec d'autres, nous savions ce que nous pensions sur le moment. Il avait instauré un système de valeurs, l'inconscient vaut mieux que le conscient. Naturellement, je doute ! J'ai fait de l'écriture automatique, eh bien, ce n'était pas génial.

J. O. – *Aragon non plus n'était pas sûr. Je crois que c'est Aragon qui a dit : Si vous écrivez des imbécillités avec l'écriture automatique, pas d'excuse, ce sont des imbécillités.*

E. BERL. – C'est certain. Justement, j'en ai fait avec lui, et, il a eu aussi clairement que moi conscience qu'il s'agissait d'imbécillités. Vous prenez le style de Rimbaud quand vous avez lu Rimbaud, ou de Villon quand vous venez de lire Villon : le style déteint, en quelque sorte, dans l'écriture automatique. Il est possible que l'écriture automatique ouvre des portes. D'ailleurs je crois que *Les Torrents* de Mme Guyon ont été écrits dans une assez large mesure d'une manière automatique.

J. O. – *Comment était Aragon à cette époque-là ?*

E. BERL. – C'était un jeune page avec des moyens littéraires si monstrueux que vous en ressentiez à la fois de la jalousie, parce qu'on se croyait vraiment très pauvre à côté de lui, et aussi de la pitié, parce qu'on se demandait comment il pouvait porter une telle charge de moyens. C'est le seul que j'ai connu qui ait eu des moyens littéraires pareils. Montherlant aussi. Sans oublier la grande facilité de Giraudoux.

J. O. – *Puisque vous parlez de Montherlant et de Giraudoux, quels étaient les rapports des surréalistes avec ceux qui étaient tout à fait en dehors de leur circuit ? Avec Valéry, Montherlant et Giraudoux ?*

E. BERL. – Il faisait attention à Valéry parce que se posait la question de la poésie. Breton avait un trop juste sens des valeurs pour dire : « Moi, *La Jeune Parque*, ça m'est égal. » Pour ce qui est de Montherlant, on est dans le roman, c'est-à-dire dans un genre déjà beaucoup plus suspect d'après lui. De sorte que, une fois, il m'a dit : « Vous êtes sûr que c'est bien meilleur que Dekobra ? » Il m'a dit cela avec beaucoup d'ironie, décidé à maintenir sa position de pape. Il n'y avait pas de Montherlant pour Breton. Il n'y avait pas même de Cocteau : c'est très triste parce qu'il a tout de même fait souffrir Cocteau...

J. O. – *J'allais vous le dire.*

E BERL. – Mais Valéry, on était très respectueux. Montherlant, ça lui était complètement égal.

J. O. – *Ne l'eût-on pas été, ç'aurait été indifférent à Valéry. Mais Cocteau a dû souffrir ?*

E. BERL. – Cocteau, ce fut l'homme du Jockey-Club qui est exclu du café. Mais il n'arrive pas à rentrer dans le café ! Il n'y a pas à dire : ils ont été assez méchants. Un peu moins à la fin de sa vie, où Eluard et Aragon furent aimables avec lui : quand il était malade, Aragon me téléphonait deux à trois fois par jour pour prendre de ses nouvelles. Là, il s'est aperçu que Jean était tout de même bien lié à sa vie en ce sens qu'ils allaient être diminués par sa mort. Parce que, quand même, c'était bien plaisant que Cocteau existe. Même pour en dire du mal.

J. O. – *Et Giraudoux ?*

E. BERL. – Il aurait dit là aussi : « Probablement vous avez raison, peut-être que c'est très bien, mais moi ça ne m'intéresse pas du tout. »

J. O. – *Est-ce qu'il disait ça, par exemple, aussi de Proust ?*

E. BERL. – Il faut croire qu'il ne s'y est pas intéressé. Je crois que j'étais à peu près le seul à m'intéresser à Proust. Après, ils ont tous dit qu'ils l'avaient lu, mais ce n'était pas vrai. Pas vrai ! En réalité, je voudrais même savoir quelle quantité de Proust a été lue effectivement par les différents camarades de ma génération. J'aime mieux ne pas le savoir.

J. O. – *Alors, après les surréalistes, quand vous vous êtes quand même, je ne dis pas séparé d'eux, mais quand vous vous êtes éloigné d'eux, est-ce qu'il y a d'autres influences qui se sont mises à jouer sur vous, à ce moment-là ?*

E. BERL. – Beaucoup. Celle de Freud, d'abord. Je l'avais connu dès 1918 par Mary Duclaux et Vernon Lee [1]. Et, je me rappelle, Vernon Lee m'a dit : « C'est un grand coup de filet, et qui ramène beaucoup de poissons. » Je me suis aussitôt mis à le lire, mais pas d'assez près. Tandis que Breton a lu cela à fond. Il y a été, ce que je n'aurais pas osé faire, je n'aurais pas osé aller déranger Freud.

J. O. – *Il a été voir Freud ?*

E. BERL. – Oui, il y a été. Ça s'est très mal passé. Freud l'a considéré comme désaxé. Parce qu'alors...

J. O. – *Il a cru que c'était un client ?*

E. BERL. – Non, il n'a pas cru que c'était un client, mais je crois qu'il a conclu qu'il devrait devenir un client. Freud était tout de même très rationaliste. Freud pensait que l'inconscient, il fallait y attacher beaucoup d'importance parce que c'est de là que venaient toutes les maladies, mais l'inconscient pour Freud était tout de même la boîte de Pandore. L'idée de Breton était de préférer l'inconscient au conscient, alors que Freud croyait le contraire : faire gagner le plus possible le conscient sur l'inconscient. C'était l'eau et le feu. De sorte que la fidélité à la psychanalyse chez Breton ne s'est maintenue en réalité que par son extrême intelli-

---

1. Vernon Lee (1856-1935), femme de lettres anglaise.

gence. Normalement, il aurait dû condamner la psychanalyse. C'est comme ça que Freud et Lou Andreas Salomé n'ont pas fait la psychanalyse de Rilke, par peur de toucher à la création artistique.

J. O. – *Est-ce qu'Eluard donnait la même impression de facilité qu'Aragon ?*

E. BERL. – Non. J'ai l'impression d'une très grande finesse de goût. Eluard tirait les mots au sort, comme on joue au loto, et puis il gardait ceux qu'il trouvait bons et enlevait ceux qu'il trouvait mauvais. Je crois que c'est un peu ainsi qu'il travaillait. Donc pas du tout cette facilité monstrueuse d'Aragon qui, s'il le voulait, nous faisait un pastiche d'*Hernani*, une seconde *Bérénice*. Finalement, les œuvres surréalistes n'ont pas tellement bien réussi. Ce qui a réussi, c'est le surréalisme en tant que tel. Mais alors le surréalisme, c'était la propriété de Breton puisque Breton décidait ce qui était surréaliste et ce qui ne l'était pas. Eluard ne pouvait pas décider que les anémones étaient surréalistes et que les tulipes n'étaient pas surréalistes comme le faisait Breton. Eluard a fait toutes ses œuvres majeures pendant la guerre. Il n'y avait pas eu l'immense retentissement de ses premiers poèmes. Et il n'y avait pas eu l'éblouissement des premières œuvres d'Aragon, vous savez, *Le Paysan de Paris*, *Le Libertinage*, plus tard *La Diane française*.

J. O. – *Oui, le* Traité du style.

E. BERL. – *Traité du style*, il nous l'a montré morceau par morceau. C'était à l'époque où on faisait *Mort de la pensée bourgeoise*. Aragon aimait lire ce qu'il écrivait à haute voix. Il aime beaucoup lire, ou réciter, jusqu'à vous épuiser complètement, n'est-ce pas ? Il est capable de vous lire du Victor Hugo depuis 8 heures du soir jusqu'à 2 heures du matin, jusqu'à ce que vous soyez complètement écrasé. Comme il aime lire les autres poètes, il est bien normal qu'il aime lire ses œuvres à lui. Alors il vous les lit aussi. Moi, j'aime moins ça parce que, quand je lis des choses que j'ai écrites, je les trouve terriblement mauvaises et elles me démoralisent.

J. O. – *Les peintres surréalistes, vous les avez connus aussi, Miró, Max Ernst, Masson... ?*

E. BERL. – Oui, ils étaient au Cyrano. Miró faisait encore figure d'enfant. Les docteurs, c'étaient Max Ernst et surtout Masson. Masson avait une possibilité d'idéologie, de conversation, etc. Tandis que Miró restait tout de même un peintre pur. Vous savez, Picasso a dit : « Il court après son cerceau depuis cinquante ans. » Il y a, en effet, une fidélité à l'enfance chez Miró, qui ne va pas dans le sens de la discussion. D'ailleurs, on ne peut pas discuter Miró, on aime ou on n'aime pas. Tandis qu'on peut discuter avec Masson, non, tu n'aurais pas dû mettre ça ici, oui... Il y avait une esthétique chez Masson, n'est-ce pas ? Vous avez des peintres qui aiment parler peinture, comme Derain. Beaucoup de peintres n'aiment pas parler peinture, ils peignent. Quoique, la plupart des peintres en ont parlé... Finalement, c'est effrayant ce qu'on a comme propos de peintres ! Derain aimait beaucoup la discussion sur la peinture, les artistes, les nombres d'or, les peintres chinois, ce que vous voudrez, et Masson aussi aime la discussion sur la peinture. Avec Masson j'avais un ami, Roland Tual, que j'ai beaucoup aimé, qui était un surréaliste orthodoxe, et il a été, après, hétérodoxe. Au contraire, par exemple, avec Tanguy, je n'ai pas eu de discussion. Tanguy était toujours dans un état... pathologique.

VII

Où l'on parle de Péguy, Gide, Claudel, Henri Franck, Valéry, Voltaire

JEAN D'ORMESSON. – *Parlons de ceux qui ont été un peu à l'écart de votre cercle parisien. Par exemple, Péguy, vous ne l'avez pas connu du tout.*

EMMANUEL BERL. – Péguy, je l'aimais beaucoup. Je l'ai admiré puisque je viens de publier *Nasser tel qu'on le loue* par souvenir de *Lanson tel qu'on le loue*, que j'avais reçu en cahiers.

J. O. – *Je me demande si beaucoup de gens ont vu le lien avec le titre...*

E. BERL. – Non, ils ne l'ont pas vu du tout. Je crains que vous n'ayez tout à fait raison. Mais j'avais aimé. J'avais aussi des griefs contre Péguy. Il y a tout de même eu une apologie du nationalisme, et même des pages sur Jaurès qui sont inacceptables. Mais je ne l'ai pas connu personnellement.

J. O. – *Et Valéry ? Et Gide ? Vous les avez connus ?*

E. BERL. – Ah ! oui. Quand je faisais *Marianne*, tout de même, j'étais à la NRF, je voyais passer Gide tous les jours. Alors, il y avait...

J. O. – *Vous aviez votre bureau, rue Sébastien-Bottin ?*

E. BERL. – Oui.

J. O. – *C'est là que se faisait* Marianne *?*

E. BERL. – C'est là que se faisait *Marianne*. Je connaissais Gide avant. Je n'y ai jamais attaché d'importance. Franchement, je n'ai pas du tout trouvé que *Les Faux-Monnayeurs* était un bon livre. J'ai aimé *Les Nourritures terrestres*, mais j'avais lu Nietzsche, avant ! Il n'a pas pu me faire découvrir Nietzsche, n'est-ce pas ? Seulement, il n'y a tout de même pas de quoi aiguiller votre vie intellectuelle, vous comprenez. J'ai bien aimé *Paludes* et j'y réfléchis souvent ; l'égoïste est celui qui ne pense pas à moi : d'accord ! Je crois qu'on ne se met pas grand écrivain, comme on se met grand coiffeur. Et, c'est ce que Gide a fait. Il s'est installé grand écrivain. Et quand on lui demandait : « Voulez-vous du porto ou du sherry ? », il se disait : « Qu'est-ce que je dois répondre ? A ma place, un grand écrivain, un vrai écrivain prendrait-il du sherry ? j'aime pas ça, mais tant pis, je vais le prendre. » Je ne vois pas ce qu'il y a de très important dans l'œuvre de Gide.

J. O. – *Pourtant c'est celui qui est passé, plus que*

tout autre, comme le maître à penser, comme celui qui changeait les valeurs, comme celui qui faisait peur à ses adversaires, comme celui qui dévoyait les jeunes gens.

E. BERL. – Naturellement, c'était un milieu... Il faudrait avoir de meilleurs rapports avec l'homosexualité que je n'en ai eu. Peut-être est-ce une faiblesse de n'être pas homosexuel, mais enfin, je ne l'étais pas : ce n'est pas ma faute, non plus... Vous parliez de Chamfort, je crois que c'est lui qui a dit : Après tout, ce n'est pas ma faute si j'aime mieux les femmes que j'aime que les femmes que je n'aime pas. La défense de l'homosexualité, c'est un côté qui m'a toujours paru très futile. D'ailleurs, cela paraissait très futile à Proust, vous savez. Je crois que le point de vue de Gide est exposé dans *Corydon*, mais personne ne devient homosexuel à la suite d'une série de raisonnements. Si ça ne fait pas plaisir, qu'est-ce que vous voulez faire ? Même s'il m'avait démontré que, chez un très grand nombre de fleurs, l'homosexualité est de rigueur, et que chez les serpents aussi, eh bien, je laisserais les serpents à leur homosexualité et j'irais chercher des filles. Proust a dit qu'il était bien naturel que chacun cherche son plaisir là où il pensait pouvoir le trouver.

J. O. – *Mais les grandes œuvres*, Les Caves, *etc. ?*

E. BERL. – Je ne trouve pas que ce soient de grandes œuvres. Je dois dire que je suis même étonné qu'on puisse le discuter : c'est amusant ou pas, mais *Les Caves du Vatican* ne sont pas une grande œuvre. Ou alors on ne sait plus ce que les mots veulent dire. *Les Frères Karamazov*, c'est une grande œuvre, *Guerre et Paix*, c'est une grande œuvre. Proust, je l'admets, c'est une grande œuvre. Je crois que nous avons eu deux très grands écrivains qui étaient Proust et Claudel, et puis voilà.

J. O. – *Vous mettez Claudel plus haut que Péguy ?*

E. BERL. – Oui.

J. O. – *On peut les comparer puisque ce sont les deux grands écrivains catholiques du premier quart du siècle.*

E. BERL. – Oui, mais on ne peut pas comparer les moyens poétiques.

J. O. – *Dans quel sens dites-vous cela ?*

E. BERL. – Parce que je trouve que les moyens poétiques de Claudel sont incomparables avec ceux de Péguy.

J. O. – *Les moyens poétiques de Péguy me paraissent considérables.*

E. BERL. – Je ne trouve pas. C'est essentiellement la répétition. Par contre, j'ai pensé tout de suite que *L'Otage, L'Annonce faite à Marie* étaient des œuvres importantes. Je n'étais pas claudélien parce que mon cousin l'était beaucoup plus que moi. Mon cousin, Henri Franck, se demandait si Claudel n'était pas mille fois plus grand qu'Eschyle. Il y allait un peu fort !

J. O. – *Vous venez de parler de votre cousin Henri Franck. Est-ce que vous voulez me dire un mot d'une œuvre qu'on ne connaît plus du tout. Je ne voudrais pas laisser passer cette occasion sans en dire au moins un mot, parce que, vraiment, je crois que le nom de Franck et le nom de* La Danse devant l'Arche *ne diront presque plus rien à personne.*

E. BERL. – Non. C'était un essai de retour au judaïsme. Il était revenu au judaïsme par le barrésisme.

J. O. – *C'est tout de même un détour assez étrange...*

E. BERL. – Un détour assez étrange, en effet. Vraiment je regrette que les gens ne l'aient pas lu, ne le lisent plus, et qu'il ne soit pas dans les anthologies. On aurait dû. Mais c'est, justement, le côté cloisonnier de la NRF : comme il faisait partie de la NRF, et que d'un autre côté, il n'en faisait pas partie, à cause d'Anna de Noailles, il est tombé en quelque sorte entre deux chaises. Il en était un des premiers auteurs en tant que fondateur de la NRF. Et, d'autre part, il a été tout de même disqualifié par elle, après sa mort, comme Anna de Noailles, un peu comme Cocteau, enfin comme les gens auxquels on reproche d'être de la rive droite. Il n'y a pas de doute. Il n'a pas pu surmonter. En tout cas, je ne désespère pas pour *La Danse devant l'Arche* que je trouve un très beau poème. Je me rappelle combien Barrès aimait ce poème. Barrès n'était tout de même pas fou quand il s'agissait de littérature.

J. O. – *Mauriac cite dans un de ses Bloc-notes deux vers de Mme de Noailles qui me paraissent très beaux. L'un c'est : « La paix qui m'envahit quand c'est vous qui souffrez... »*

E. BERL. – Et « Ma bouche pleine d'ombre et les yeux

pleins de cris. » Il y avait tout de même beaucoup de beaux vers. Alors, il faut expurger, en somme, toute la poésie française ! Il faut d'abord qu'on commence par enlever Voltaire que j'ai eu tant de mal à défendre ! C'est une chose incroyable. J'ai passé une partie de ma vie à défendre Voltaire. C'est grotesque. Quand on pense qu'on a dit que c'était l'anti-poète, alors que dans les *Mélanges,* ou dans *Candide,* les poèmes en prose de Voltaire sont absolument incontestables. Malgré tout, l'Histoire a été changée par *L'Essai sur les mœurs,* n'est-ce pas ?

J. O. – *Bien sûr : le début de l'histoire non événementielle.*

E. BERL. – Le début de l'histoire non événementielle et le *Traité sur la tolérance,* c'est-à-dire la polémique sur l'affaire Calas. Je crois que c'est quand même resté non dépassé. Il a fait l'affaire Dreyfus à lui tout seul.

J. O. – *Est-ce que Voltaire n'annonce pas quand même le développement de la pensée bourgeoise que vous avez condamnée à mort ? Et Rousseau annonce le début de ce qui mènera à Hegel et à Marx.*

E. BERL. – Sûrement. Seulement Voltaire pensait que tout irait très mal. Là, il n'avait pas tout à fait tort. C'est le seul qui ait su maintenir son pessimisme. Le monde qui nous entoure est, en somme, assez inquiétant. De sorte que, tant que le monde sera très inquiétant, Voltaire n'aura pas tout à fait tort. Rousseau prétendait que le monde avait été très bien et qu'il irait très bien. Le point de vue de Voltaire, c'est qu'il est toujours miraculeux qu'une fille ne soit pas violée, qu'un vieillard ne soit pas assommé et détroussé, et qu'il n'y ait pas de tremblement de terre à Lisbonne : ce sont des points de vue qui me semblent d'une grande solidité. Moi, je ne lâcherai pas Voltaire. J'ai tenu bon depuis l'âge de quinze ans, je me suis fait disputer par mon cousin Henri Franck, par Gabriel Marcel, qui me reprochaient de lire Voltaire.

Quand, après la Libération, j'ai voulu publier le *Traité sur la tolérance*, il a fallu que je fasse une préface pour qu'on veuille bien le publier. D'ailleurs il est resté invendu. Mais c'est tout de même une erreur. Et encore, il a fallu que j'aille mendier à la NRF pour qu'on fasse les *Mélanges* de Voltaire qui sont, tout de même, un des meilleurs livres de la littérature française. Qu'est-ce que c'est que la France ? Pour le monde extérieur, c'est le pays de Voltaire et de Victor Hugo. Alors, si nous enlevons Voltaire, comme nous n'avons pas de Dante, que nous n'avons pas de Shakespeare, que nous n'avons pas de Cervantès, qu'est-ce qu'on a à défendre ?

J. O. – *Nous pouvons difficilement défendre Racine parce que les autres ne le comprennent pas du tout.*

E. BERL. – Absolument pas. J'ai essayé de l'expliquer à des petites Allemandes en 1913, à des petits Corréziens en 1942, ça ne marche pas.

J. O. – *Je voulais vous demander encore un mot sur Valéry. L'avez-vous connu ?*

E. BERL. – Oui, je l'ai connu. Je l'ai vu fréquemment même, quand j'étais à *Marianne*. Je l'ai admiré. Mais seulement il faut savoir que le Valéry avec qui l'on parlait, qui était un homme très intéressant, n'avait pas de rapport avec le Valéry qu'on admirait.

J. O. – *Il était spontané. Il employait des mots très... quotidiens.*

E. BERL. – D'argot, oui. L'œuvre poétique était ce qu'on faisait chez soi. Je crois que le vrai Valéry, je ne l'ai pas connu du tout. J'ai connu un monsieur qui s'appelait Valéry, qui avait effectivement publié *La Jeune Parque* et qui me disait des choses, en passant. Mais le vrai, celui qui a écrit *La Jeune Parque* et *Le Cimetière marin*, je crois que je ne l'ai pas connu.

VIII

Un intellectuel désengagé

JEAN D'ORMESSON. – *Vous avez été directeur de* Marianne, *ou rédacteur en chef de* Marianne [1].

EMMANUEL BERL. – Oui, j'ai été directeur de *Marianne*.

J. O. – *Alors, vous alliez tous les matins au bureau ?*

E. BERL. – Ah oui ! Ça a été un travail très dur.

J. O. – *C'est la seule occasion de votre vie où vous ayez eu un bureau ?*

E. BERL. – Oui.

J. O. – *Vous avez aimé ?*

---

1. C'est André Malraux qui encourage Berl à accepter la direction de *Marianne* que Gaston Gallimard crée pour lutter contre deux hebdomadaires de droite, *Candide* et *Gringoire*. Berl dirige *Marianne* de 1932 à 1937.

E. BERL. – Pas du tout.

J. O. – *Vous aimiez mieux donner des articles que les recevoir ?*

E. BERL. – Que les acheter. Oui.

J. O. – *Alors, comment ça se passait ? Vous étiez installé rue Sébastien-Bottin.*

E. BERL. – Vous savez j'ai eu de grosses difficultés. C'était un journal qui était difficile techniquement. Ça a été d'abord en typographie et en héliogravure mélangées. C'est-à-dire qu'on ne pouvait pas passer d'une page à l'autre. Et puis ensuite en offset, mais comme c'était le premier journal français à paraître en offset, on ne savait pas encore très bien comment cela marchait. Alors, j'ai eu des difficultés techniques considérables.

J. O. – *Il y avait des couleurs pour Marianne ?*

E. BERL. – Non. Mais j'ai eu des difficultés techniques très grandes. Et d'autre part, j'ai voulu maintenir un minimum de qualité que j'ai d'ailleurs obtenu. Vous savez, ce qui m'a donné peut-être le plus de peine dans *Marianne*, c'était ma page de mode. Vous comprenez, c'était très difficile.

J. O. – *Et vous n'aviez pas quelqu'un à qui vous confiiez ça et puis c'était fini ?*

E. BERL. – Non. C'est moi qui les ai inventées. J'ai fait faire le premier article de beauté à Marcelle Auclair. J'ai trouvé des collaboratrices, mais je les ai formées. J'ai été consciencieux, je faisais exécuter les tricots avant de publier des modèles : c'est très difficile, les journaux de femmes. On ne vous pardonne pas les erreurs de recettes.

J. O. – *Ha! C'est plus grave de se tromper sur un patron de mode que de dire qu'un livre est mauvais alors qu'il est bon.*

E. BERL. – C'est ça. Le livre, c'est moins grave. Ça arrive à tout le monde. Vous aviez aussi cette impossibilité de tourne qui faisait des mises en page très difficiles. Quand j'ai mis en page *Le Roman d'un tricheur* de Sacha Guitry, je n'y serais pas arrivé si Sacha Guitry ne m'avait pas aidé lui-même. C'est-à-dire qu'il fallait faire des dessins...

J. O. – *C'est Sacha Guitry lui-même qui...*

E. BERL. – Oui, il faisait cela lui-même pour boucher les trous. Et c'est lui qui a décidé qu'il y aurait tant de pages. Et alors, quand, en plus, il y avait de la publicité, cela devenait infernal. Ha! je ne recommencerais pas ce métier.

J. O. – *Qui aviez-vous dans votre équipe ?*

E. BERL. – Ah! j'avais une magnifique équipe. D'abord, j'avais deux rédacteurs en chef qui travaillaient avec moi : Pierre Bost, qui était, avec talent, un journaliste à la grande habileté. Et puis il y avait Pierre Brossolette, dont je dois dire que je n'aurais pas prévu le destin historique [1], qui a toujours été un collaborateur extrêmement consciencieux et solide.

J. O. – *Vous voulez parler de son destin politique ?*

E. BERL. – Je n'aurais pas prévu la gloire parce qu'il était tellement dégoûté, tellement pessimiste, sceptique...

J. O. – *Cynique ?*

E. BERL. – Non, pas du tout. Mais plutôt, comment dirais-je, un peu écœuré de tout. Alors je ne pensais pas qu'allait s'épanouir cette gerbe de plaques sur toutes les avenues de France. Ça ne me serait pas du tout venu à l'esprit, et à lui non plus d'ailleurs.

J. O. – *A cette époque-là, il était journaliste ?*

E. BERL. – Oui. Il était journaliste et il était socialiste. J'ai eu une équipe très brillante puisque j'avais Marcel Achard pour faire le cinéma, Edouard Bourdet [2] pour faire le théâtre, j'avais pas mal d'articles d'Herriot [3], j'avais Ludovic Oscar Frossard [4] pour me faire la politique...

---

1. Pierre Brossolette (1902-1944) devint, en 1942 à Londres, le conseiller politique du général de Gaulle, participa à la création du Conseil national de la Résistance avant d'être arrêté par la Gestapo.
2. Edouard Bourdet (1887-1945), auteur dramatique, connu pour ses pièces de boulevard, fut administrateur de la Comédie-Française de 1936 à 1940.
3. Edouard Herriot (1872-1957) était, à l'époque de *Marianne*, président de la Chambre des députés.
4. Ludovic Oscar Frossard (1889-1946) venait de quitter le gouvernement Laval où il était ministre du Travail. Au congrès de Tours, en 1920, il avait rallié la IIIe Internationale tout en gardant ses

J. O. – *Frossard, le père ?*

E. BERL. – Le père d'André Frossard. J'avais Jean Effel comme dessinateur de base. C'était très éblouissant. J'ai publié des choses très bonnes. J'ai publié beaucoup de nouvelles de Marcel Aymé, beaucoup de choses de Colette, beaucoup de choses de...

J. O. – *Marcel Aymé dans un journal de gauche ?*

E. BERL. – On peut pas dire que c'est un homme de droite, Marcel Aymé. Si ?

J. O. – *On ne peut pas dire que ce soit un homme de gauche, en ce sens qu'il n'était pas socialiste.*

E. BERL. – Ha ! mais moi non plus, je n'étais pas socialiste. Mais enfin, vous savez, je voyais pas mal Edouard Herriot. Herriot était socialiste, si l'on veut, mais enfin, il était plutôt radical, non ?

J. O. – *Il était radicalement radical.*

E. BERL. – Et puis, vous savez, je n'étais pas tellement fixé ; il y avait toujours cette histoire de guerre que j'aurais voulu éviter. Et puis alors, j'aime mieux, au fond, faire les choses tout seul. J'ai fait *Pavé de Paris* tout seul. J'avais fait jadis, avec Drieu, ce journal qui s'appelait *Les Derniers Jours*. On l'avait fait à nous deux.

---

distances : « Nous n'avons pas entendu renoncer pour jamais à tout esprit critique. »

J. O. – *Mais ça, c'était à quelle époque ?*

E. BERL. – C'était en 1927. Après avoir fait *Mort de la pensée bourgeoise*.

J. O. – *Et avant* Marianne ?

E. BERL. – Et avant *Marianne*.

J. O. – Marianne, *c'était juste avant la guerre ?*

E. BERL. – Oui. *Les Derniers Jours*, c'était un pamphlet qu'on faisait tous les deux...

J. O. – *Alors cela se présentait comment ?*

E. BERL. – Comme un journal très modeste. Mais enfin, le premier article de Drieu, qui faisait le début du journal, commençait par : « Tout est foutu. » C'était assez bien vu. C'était pas mauvais du tout.

J. O. – *Mais il n'y avait que vous deux comme collaborateurs.*

E. BERL. – Que nous deux.

J. O. – *Et ça faisait combien de pages ? Quatre pages, deux pages ?*

E. BERL. – Ha ! non, ça avait seize pages en doubles colonnes.

J. O. – *Vous n'allez pas me dire que vous faisiez seize pages à vous deux ?*

E. BERL. – Mais si. Et j'ai fait *Pavé de Paris* entièrement seul. Je n'étais pas déclaré; je faisais tout. Je faisais la littérature, l'histoire, la politique, je ne sais pas, je parlais un peu de tout. Il fallait que je fasse mon numéro à moi tout seul tous les huit jours. Ou bien un journal, ça se fait tout seul, ou bien ça se fait alors entre amis...

J. O. – *Mais vous mettiez en page aussi ?*

E. BERL. – Oui, mais ça c'était facile, enfantin. Je le faisais avec un typographe. Du moment que vous n'aviez pas d'illustrations, et que vous pouviez tourner. Moi, ça m'était égal, vous comprenez, de tourner d'une page sur l'autre, quitte à abréger l'article suivant.

J. O. – *Emmanuel Berl, nous avons parlé des gens que vous avez connus, de littérature, un peu de politique. Comment organisez-vous votre vie, comment organisez-vous vos journées, comment travaillez-vous ? Est-ce que vous avez une grande rigueur ?*

E. BERL. – Non.

J. O. – *Je crois savoir que vous vivez surtout l'après-midi.*

E. BERL. – Il faut que je me réveille, il faut que j'aie pris mon petit déjeuner, que je me sois lavé. Tant que je ne me suis pas lavé, que je ne me suis pas rasé, je ne me sens pas en état d'avoir des rapports avec qui que ce soit, ni avec quoi que ce soit; je n'aime même pas lire avant de m'être lavé. Alors, il faut attendre. Après, cela s'organise comme ça veut. Je travaille sans organisation.

J. O. – *Vous n'avez pas des horaires de travail très rigoureux?*

E. BERL. – Non. J'ai toujours l'impression que je ne fais rien.

J. O. – Vous lisez beaucoup?

E. BERL. – Je lis beaucoup. Ah! j'ai beaucoup lu dans ma vie. La lecture a tenu une énorme place dans ma vie. D'abord parce que j'ai été souvent malade. Et ensuite parce que j'ai le goût de la lecture. Seulement l'ennui, c'est qu'on oublie ce qu'on a lu. De sorte qu'on a l'impression qu'on n'a rien lu. C'est triste parce qu'on est dans une époque où l'on ne peut suivre aucune chose. On est débordé. J'aimerais suivre un certain nombre de petites choses, en tout cas l'histoire, et puis la psychanalyse, et la génétique, et un peu l'ethnologie : il n'y a pas moyen!

J. O. – *Mais c'est un programme infernal!*

E. BERL. – Oui, mais vous ne pouvez pas arriver même à suivre une branche de la psychanalyse, mettons : la psychanalyse d'enfants, vous n'en sortez déjà pas.

J. O. – *Si vous voulez comprendre en même temps Jakobson, Lévi-Strauss et Foucault, vous êtes tout de suite débordé, c'est certain.*

E. BERL. – Bien oui, mais je ne peux pas non plus renoncer. Comment pouvez-vous vous occuper sérieusement de Foucault sans référence au structuralisme et à la psychanalyse ?

J. O. – *On peut même aller beaucoup plus loin dans l'histoire : on ne peut pas s'occuper de Foucault sans référence à Sartre, à Husserl, donc à Hegel, il faut donc remonter toute l'histoire de la philosophie !*

E. BERL. – Oui, mais vous ne pouvez pas, bien sûr.

J. O. – *Evidemment. Alors vous êtes pris dans une espèce de...*

E. BERL. – ... de superficialité. Malheureusement, je sais bien que je ne l'évite pas. Mais, en effet, ça rend la vie très difficile à des gens comme moi qui deviendront de plus en plus rares, et qui seront probablement appelés à compter de moins en moins dans la société. Je suis très sombre sur mon propre cas. Quand j'étais jeune, déjà Marcellin Berthelot disait qu'il était le dernier qui puisse suivre la science de son temps.

J. O. – *Oui, je me souviens.*

E. BERL. – Ayant du mal avec les sciences élémentaires, je n'ai jamais pensé que je pourrais suivre la science de mon temps. Mais, je croyais pouvoir suivre en gros une partie des sciences morales.

J. O. – *J'imagine qu'en histoire vous ne pouvez pas suivre les travaux importants qui se passent mainte-*

nant, dans l'histoire du Moyen Age avec Le Goff, dans l'histoire de Louis XIV avec Goubert...

E. BERL. – Je les ai lus tous les deux.

J. O. – *Vous les avez lus tous les deux ? Vous savez, c'est déjà fantastique. Si vous avez lu, disons cette dernière année, ou en un peu plus qu'une année, Foucault...*

E. BERL. – Je l'ai lu. Je l'ai même lu deux fois.

J. O. – *Lacan...*

E. BERL. – Je l'ai lu.

J. O. – *Un ou deux livres de Lévi-Strauss...*

E. BERL. – Ha! oui, ça je les ai tous lus. Enfin je ne dis pas que je les ai tous lus jusqu'au bout, parce qu'il y a des moments où l'on finit par se lasser.

J. O. – *Vous avez peut-être, sinon lu le livre d'Althusser, du moins des choses sur lui ? Sur ce qu'on appelle le structuralisme marxiste ?*

E. BERL. – Ha! oui.

J. O. – *En littérature, nous parlions de Voltaire, il y a eu des thèses sur Voltaire récentes et importantes.*

E. BERL. – Il y a *La Religion de Voltaire* de Pomeau.

J. O. – *Orieux, la thèse de Van den Heuvel ?*

E. BERL. – Je les ai lus.

J. O. – *Si vous me permettez de vous le dire, il y a quelque chose de très exceptionnel en vous, c'est que vous n'avez pas d'autre métier. Vous économisez donc énormément de temps sur un certain nombre de choses simples et claires. Et je pense que vous n'allez pas en week-end en voiture.*

E. BERL. – Il m'arrive d'aller à Cauvigny, parce que Mireille m'oblige.

J. O. – *Mais vous allez y lire ?*

E. BERL. – Oui. Je n'y fais même que ça. Ou écrire.

J. O. – *Vous ne faites guère de sport ?*

E. BERL. – Je n'en fais pas du tout.

J. O. – *Vous ne faites pas de bateau ?*

E. BERL. – Non.

J. O. – *Vous voyagez beaucoup ?*

E. BERL. – Oh ! Je n'aime pas ça du tout.

J. O. – *On vous imagine peu voyageur. On vous imagine vous déplaçant avec peine.*

E. BERL. – Je n'aime pas du tout voyager. J'ai été deux fois en URSS. Une fois parce que Mireille devait présider le Comité international de la chanson à Helsinki. Et d'autre part, j'y suis allé l'année dernière pour voir Julia Eiger [1] que j'avais retrouvée avec *Rachel et autres grâces.*

J. O. – *Julia Eiger que vous aviez connue au cours de Husserl.*

E. BERL. – Que j'avais connue à Fribourg et pour qui j'avais une grande admiration. Et pour laquelle d'ailleurs je garde une grande admiration. Quoiqu'il n'y ait pas d'œuvre pour le justifier, c'est tout de même une personne que je considère comme particulièrement rigoureuse, solide, ayant résisté à tout.

J. O. – *Vous ne faites pas non plus de spéculations financières ?*

E. BERL. – Oh non ! Je ne saurais pas.

J. O. – *Vous ne sauriez pas. Vous ne vous occupez pas de politique active ?*

E. BERL. – Non, pas du tout.

J. O. – *Vous n'êtes pas dans un parti ?*

E. BERL. – Je n'ai jamais milité dans aucun parti. Je suis aussi hostile à l'engagement que Sartre y est favorable. Je trouve qu'on fait tout, mais qu'on ne

---

1. E. Berl a connu Julia Eiger à Fribourg-en-Brisgau. Il écrit d'elle dans *Rachel et autres grâces* : « petite moniale sans couvent, Antigone sans famille, sans Thèbes. »

s'engage pas. Parce qu'on ne peut jamais savoir ce que sera l'après. Donc, vous pouvez faire de votre mieux, et puis voilà. Vous ne pouvez pas promettre en ce qui concerne les autres. Parce que l'engagement, c'est une promesse par rapport à vous, mais c'est aussi une promesse par rapport à l'autre. Et si alors l'autre ne reste pas ce qu'il est, ce qui est souvent le cas, n'est-ce pas, puisque les pacifistes deviennent bellicistes et inversement, il faut tout de même préserver sa liberté. Tout tend à vous engager, à vous enrégimenter, comme disait Cocteau, à vous « passer un uniforme ». Il est certain que la difficulté est de ne pas le porter. Je trouve que je vois les choses à peu près à l'opposé de la manière dont les voit Sartre.

J. O. – *Vous êtes en opposition avec Sartre sur plusieurs points.*

E. BERL. – Sur la liberté, oui.

J. O. – *Sur la liberté. Vous êtes en opposition avec lui sur le choix qu'on fait de sa condition dans le monde...*

E. BERL. – Oui. Il me semble que Foucault est aujourd'hui plus réaliste.

J. O. – *Vous êtes plus à l'aise avec lui ?*

E. BERL. – Ah ! Oui ! Ça a été pour moi ma sortie de prison. Je me suis senti très mal avec l'existentialisme. Et au fond, avec tous les idéalismes. J'avais un ami qui s'appelait Kröner, qui était directeur de *Logos* et me lisait du Hegel toute la soirée, je ne pouvais pas l'en empêcher. Et tout de même, j'en ai lu un peu. Je ne vous dis pas que je sois capable de concurrencer Jean Wahl en matière d'hégélianisme. Mais je sais bien que je ne l'aime pas. Lou Salomé a dit que l'essentiel d'un être se comprenait tout de suite ou pas du tout. C'est pleinement dans mes idées. Je le crois comme elle. Eh bien, je sais que je n'aime pas Hegel. Je ne l'ai jamais aimé.

J. O. – *Est-ce que vous préfériez Kierkegaard?*

E. BERL. – Ah! Oui! J'aime Kierkegaard.

J. O. – *Oui, dans l'opposition à Hegel, au système de la totalité, c'est Kierkegaard qui est la sauvegarde de l'individu, de l'instant vis-à-vis de l'Histoire, de la personne humaine vis-à-vis de la collectivité. Mais, aujourd'hui, ce que représente le structuralisme, ce n'est pas la défense de l'individu, ce n'est pas la défense de la subjectivité, c'est encore autre chose. C'est bien une opposition à l'hégélianisme, mais sur un autre plan qui n'est pas le plan de l'individu: le plan de la structure. Mais où l'individu lui-même est déjà très menacé.*

E. BERL. – Oui, mais ça m'est égal! Je ne suis pas non plus hyperindividualiste. Ce que j'aime dans le structuralisme, c'est qu'il m'a rendu le droit de regarder les choses comme elles sont. On voulait m'obliger à regarder les choses toujours comme le résultat d'un passé et l'amorce d'un devenir. Alors ça veut dire qu'on ne les regarde pas, parce que, après tout, je ne sais pas du tout ce que vous serez, vous, dans vingt ans. Et si je dois vous regarder en me renseignant sur le bébé que vous avez été, et en tâchant de tirer des perspectives sur le vieillard que vous deviendrez, eh bien, je ne vais pas pouvoir me débrouiller. Peut-être que vous deviendrez un vieillard très réactionnaire. Alors, on ne s'entendrait peut-être plus aussi bien. Et puis alors, quand vous aviez un an ou deux, j'aurais peut-être pas pu discuter beaucoup avec vous. Je prétends prendre M. Jean d'Ormesson tel qu'il est, actuellement, dans sa structure, c'est-à-dire avec sa femme, avec sa famille, avec son métier, etc. Et ne pas être lié à un mouvement dialectique qui veut dire qu'on ne sait plus ce dont on parle.

J. O. – *Ce qu'il y a de remarquable, avec le structuralisme, c'est ce qu'il a mis d'accord, contre lui, des gens d'esprit aussi opposé que Mauriac et Sartre. Pourquoi ? Parce que eux se plaçaient dans cette perspective historique. Mauriac, en disant : nous sommes le fruit du christianisme, et Sartre, en disant : nous sommes l'annonce du progressisme. C'est-à-dire qu'il s'agissait d'une dialectique où l'être humain était magnifié. Tandis que le structuralisme coupe cela par une espèce de tranche d'études.*

E. BERL. – Je crois que j'étais intellectuellement aussi malheureux par la terreur existentialiste de la Libération que j'ai été malheureux matériellement par les difficultés de l'Occupation. Ce furent deux séries d'ennuis pour moi. Evidemment, le terrorisme de l'existentialisme était tout de même plus doux que la terreur nazie. Mais enfin, c'était tout de même désagréable, parce que je me sentais isolé. Alors, en effet, avec les plus jeunes, je m'entends beaucoup mieux.

J. O. – *C'est vrai. Il y a eu un tournant dans l'histoire intellectuelle.*

E. BERL. – Oui, c'est sûr. On le doit beaucoup à Lévi-Strauss, on le doit à Jakobson, on le doit à Foucault et, peut-être aussi, à la psychanalyse.

IX

« Je ne crois pas
aux morales absolues »

JEAN D'ORMESSON. – *Emmanuel Berl, imaginons qu'un enfant, ou un jeune homme, ou une jeune fille de notre temps vienne vous voir et vienne vous demander comment se conduire dans la vie. Que lui diriez-vous ?*

EMMANUEL BERL. – Je serais bien embarrassé. Mais je crois que je commencerais par examiner ce que cette personne, fille ou garçon, désire faire dans la vie. Je ne crois pas beaucoup aux morales absolues.

J. O. – *Vous n'êtes pas kantien ?*

E. BERL. – Je ne suis pas très kantien. Je veux bien qu'il y ait des vérités élémentaires, mais alors je ne crois pas que le résultat soit intéressant. Diderot disait que les morales varient en fonction des métiers. Je crois qu'il faut réorienter la personne vers des principes qui conviennent à la fois à son naturel et aux fonctions qu'elle veut exercer. Il me semble que la morale d'un militaire n'est pas la même que celle d'un médecin. La morale d'un écrivain ne me paraît pas absolument la même que celle d'un négociant. Parce que nous ne sommes pas tout à fait dans la même position pour vendre nos livres que les négociants pour vendre leurs marchandises.

J. O. – *Est-ce que vous estimez que la morale change avec l'époque?*

E. BERL. – Non : la morale reste la morale. Quand j'étais jeune, les rapports entre les garçons et les filles étaient un peu différents. Mais, aujourd'hui encore, les rapports des garçons et des filles sont soumis à des règles. Il y a les garçons qui trichent, il y a les filles qui trichent. Il y a ceux qui ne trichent pas. Mais la morale d'un artiste n'est pas tout à fait la même que celle d'un conservateur de musée. Un conservateur de musée qui vole un petit dessin, c'est vraiment très mal. Un peintre qui aurait envie de ce dessin et qui finirait par s'en emparer, ce serait moins mal. Je crois que des peintres illustres ont un peu chapardé dans le musée de l'Homme, quand ils étaient jeunes. Ils ont pris quelques masques nègres, eh bien, on les en excuse parfaitement, parce qu'ils en ont tiré un parti qui justifiait ces petits larcins.

J. O. – *Il y a une question préalable qu'on n'a pas posée : est-ce qu'il est important de se plier à la morale? Vous venez de répondre implicitement. On peut aller loin dans cette direction...*

E. BERL. – Ah! non! C'est qu'il faut se plier à sa morale à soi.

J. O. – *Pour un artiste, il est peut-être très important d'avoir tout connu : ce sont des lieux communs qui ont traîné dans tous les romans...*

E. BERL. – Oui, mais c'est pas vrai.

J. O. – *Il est peut-être très important d'avoir connu le meurtre, je ne parle même pas de la drogue et de toutes les formes de la sexualité ou de l'homosexualité, mais de tout ce qui peut apparaître le plus immoral, véritablement, le plus immoral, même aujourd'hui. La trahison, c'est peut-être important de faire l'expérience de la trahison. Comment en parler si on ne l'a pas commise ?*

E. BERL. – Ecoutez, l'artiste est justifié ou pas par l'œuvre d'art. En définitive, il joue sa vie sur l'œuvre d'art qu'il réalise. S'il gagne, il a raison. Je comprends qu'on fasse de fortes réserves. On ne le sait qu'après. L'artiste serait donc condamnable à tout moment pour les vilaines choses qu'il a faites, et justifié, à la fin, par l'œuvre qu'il aurait accomplie. N'est-ce pas ainsi dans Proust ? Je crois par exemple que, quand on a vu des intellectuels punis pour collaboration, cela était justifié, parce qu'ils auraient très bien pu être des intellectuels sans être des collaborateurs. Maintenant, s'il y avait eu un collaborateur qui ait réussi à approcher d'Hitler, et auquel nous devrions un portrait d'Hitler qui soit tout à fait génial, alors je crois que je serais tenté d'excuser le peintre. Evidemment, ce n'était pas beau de sa part, d'être collaborateur, mais s'il ne l'avait pas été, il n'aurait pas pu faire le portrait d'Hitler, nous n'aurions donc pas cette œuvre et comme nous sommes contents de l'avoir, on ne peut pas, à la fois, être content de l'avoir et fâché qu'il ait rempli les conditions nécessaires pour qu'elle soit faite.

J. O. – *Est-ce que vous croyez qu'une société peut accepter cette conception de la justice que vous proposez ?*

E. BERL. – Oh oui ! Je crois que ce n'est pas très gênant puisque, je vous dis, la morale ne se vérifie qu'après coup.

J. O. – *Des tribunaux spéciaux pour artistes, par exemple ? Mais avez-vous pensé aux savants, aux médecins qui proposeraient l'équivalent de ce que vous venez de dire : « Nous, pour notre science, nous avons besoin de faire de la vivisection, de voir comment on peut distendre le nerf optique, en tirant les yeux des condamnés hors de leurs orbites, etc. » Eux aussi ils peuvent dire : « Nous, nous voulons un traitement spécial, car c'est encore bien plus important ! »*

E. BERL. – Je n'admets pas le traitement spécial. En réalité, je pense qu'ils doivent tous être condamnés. Seulement, c'est après coup que vient la justification. Mettons, le vivisecteur dont vous nous parlez, il est bien évident qu'il va être condamné par le tribunal, et par nous, par vous, par moi. Mais supposons que ce savant soit Fleming et qu'il vous dise : « Je reconnais que j'ai eu tort dans ma façon de procéder, mais c'est tout de même grâce à elle que j'ai la pénicilline », vous n'aurez pas un tribunal pour le condamner, à ce moment-là. C'est la même chose pour l'artiste.

J. O. – *Un tribunal ou une société, quels qu'ils soient, ne peuvent que condamner. Ce que peut faire l'artiste ensuite, c'est condamner la société. Je trouve le juge qui a condamné Baudelaire un imbécile, mais il faut dire qu'il était tout à fait dans son rôle. Il était un juge d'une société bourgeoise, il jugeait comme jugeait la société bourgeoise.*

E. BERL. – Il a eu le pépin de ne pas se rendre compte que Baudelaire était un grand poète. Et que Baudelaire n'avait pas de propos obscènes. Flaubert non plus. Ils avaient des propos d'artistes, de poètes ou de romanciers. Alors, ils ont été condamnés pour un propos qui n'était pas le leur, pour un comportement qui, en fait, n'était pas le leur. Alors, malgré tout, c'est le juge qui a tort. Dès que vous prenez l'homme, en tant que faiseur d'œuvre, il est jugé par l'œuvre. Vous avez tout de même un exemple biblique qui est celui de Bethsabée. Il est bien évident que c'est un crime de la part de David de faire tuer Urie pour pouvoir coucher tranquillement avec Bethsabée. Et, personne ne le discute. La Bible le condamne, Dieu le condamne. Tout le monde le condamne.

J. O. – *C'est vrai : mollement, mollement.*

E. BERL. – Voilà. Comme il se trouve que Bethsabée engendre Salomon, alors, il y a une espèce de pardon qui tient à l'œuvre accomplie. Je crois que ce qui est vrai là, mettons, pour David, l'est pour le romancier. De même pour le jardinier et pour le père de famille, pour ce que vous voudrez. Il y a une chose que je trouve très mal, c'est le nationalisme. Je suis hostile au nationalisme depuis 1912. Je pense n'avoir jamais fléchi là-dessus. Parce que c'est une forme d'homicide tout à fait déplaisante. D'ailleurs, l'homicide est lui-même assez déplaisant.

J. O. – *A quoi assistons-nous, depuis vingt ans, sinon à une espèce de résurgence des nationalismes ?*

E. BERL. – Je ne suis pas pleinement d'accord. Je trouve que le phénomène le plus évident auquel j'assiste depuis ma jeunesse, c'est l'accroissement des pouvoirs de l'Etat. Je suis convaincu que l'Etat dispose aujourd'hui de moyens infiniment plus grands, qu'il tient dans les vies individuelles et dans les vies des collectivités locales une place beaucoup plus grande qu'il ne tenait en 1900 et a fortiori en 1850.

J. O. – *Quand même, on pouvait penser, par exemple, que le socialisme allait mener à un renforcement de l'international. Regardez à quoi on assiste en ce moment : en ce moment même, on assiste, dans les pays de l'Est, à une montée des nationalismes à travers le socialisme.*

E. BERL. – Pour ma part, j'ai constaté que, autour de moi, dans mon pays, dans les pays que je connais, sinon dans ceux qu'étudiait M. Lévi-Strauss, le nationalisme n'a pas augmenté depuis mon enfance, et que les pouvoirs de l'Etat, eux, ont beaucoup augmenté. Et que le totalitarisme n'est pas venu du nationalisme : il est venu des pouvoirs. C'est le pouvoir qui veut être totalitaire. Jamais la nation n'a voulu être totalitaire. Sur quoi repose l'étatisme ? C'est très difficile à dire. Dans une certaine mesure sur le développement des techniques.

J. O. – *Je crois qu'en fin de compte, quand il s'agit de prendre une décision, ce sur quoi l'Etat a le plus de facilité d'agir, et ce sur quoi il s'appuie, c'est sur le sentiment national, encore là, tellement fort. Je le regrette comme vous, mais il a encore de beaux jours devant lui.*

E. BERL. – Naturellement. Mais c'est surtout le sentiment national que l'Etat invoque comme alibi quand il veut faire quelque chose.

J. O. – *Mais il trouve du répondant, comme on dit.*

E. BERL. – Naturellement.

J. O. – *Ne serait-ce que, regardez par exemple, dans le sport : la force qu'a le nationalisme dans le sport. C'est incroyable.*

E. BERL. – Bien sûr que si le nationalisme n'existait pas, on ne pourrait pas en abuser pour faire du totalitarisme étatiste. Si le nationalisme n'existait pas, on n'aurait pas vécu tout ce qu'on a vécu et tout ce qu'on risque de vivre. C'est bien vrai. Je dis qu'on exagère peut-être la montée du nationalisme, en sous-estimant, curieusement, la montée de l'étatisme. Je suis étonné qu'il soit toujours question du pays et qu'il ne soit jamais question du gouvernement. C'est simplement toujours le bien de la nation, le sentiment unanime des Français qui exigent que le nombre des fonctionnaires augmente...

J. O. – *C'est la socialisation qui est liée au développement de l'Etat.*

E. BERL. – Ce qui est curieux, c'est que ceux qui voulaient socialiser, c'est-à-dire Marx, Proudhon, etc., voulaient précisément le dépérissement de l'Etat.

J. O. – *La finalité de Marx, c'est la fin de l'Etat, on n'en est pas là; c'est la fin de l'armée, on n'en est pas là; c'est la fin de la police, on n'en est pas là; et c'est la fin de l'Histoire aussi, on n'en est pas là non plus.*

E. BERL. – Il vous répondrait, peut-être, s'il était vivant : mais le socialisme tel que je le concevais, on n'en est pas là non plus.

J. O. – *Peut-être. On a beaucoup dit, comme vous le savez, que Marx ne serait sûrement pas marxiste.*

E. BERL. – Le socialisme, à l'origine, impliquait qu'on ne mette personne en prison. Il est certain qu'on a mis beaucoup de gens en prison depuis une quarantaine d'années. L'homme individuel réel de Marx, on l'a prié de se taire.

J. O. – *La clé de l'époque, est-ce que ce n'est pas quand même une certaine conjonction de Marx et de Nietzsche ?*

E. BERL. – On ne peut pas tout de même invoquer Nietzsche pour demander ou accepter l'émasculation de l'individu, de la personne, du héros, du surhomme...

J. O. – *Non, bien sûr. Mais il y a toutes les tentations du pouvoir... Votre position sur le nationalisme est claire. Vous avez été, sinon socialiste, sinon commu-*

niste, du moins très proche du communisme et très favorable, parce qu'elle représentait la paix entre les deux guerres, à l'Union soviétique. Est-ce que, aujourd'hui, vous vous considérez encore comme socialiste ?

E. BERL. – Je n'ai jamais dit que j'étais socialiste. Je n'ai jamais adhéré à un parti socialiste.

J. O. – *Mais vous étiez le grand ami de Barbusse, le grand ami de Jaurès.*

E. BERL. – Je n'ai pas connu Jaurès. J'ai été, en effet, lié à Barbusse, j'ai fait des conférences avec lui, j'ai vécu avec lui. Mais à ce moment-là, de quoi s'agissait-il ? Uniquement de la défense de l'URSS contre une éventuelle agression, de lutter contre le fascisme et la guerre dans les pays occidentaux. C'était, en somme, la crainte que Mussolini n'engendre Hitler : il l'a effectivement engendré. Dire qu'on serait socialiste aujourd'hui, c'est plus difficile. Je ne l'ai pas dit à l'époque, alors bien sûr, je ne vais pas le dire aujourd'hui non plus. Tout ce que je peux avancer, c'est qu'il y a dans le socialisme beaucoup de choses qui me séduisent et qui continuent à me séduire : d'abord, je n'aime pas tellement le pouvoir des riches ; j'aime une certaine fraternité entre les gens que seul un minimum d'égalité rend possible, parce qu'au-delà d'une certaine inégalité il ne peut plus y avoir de rapports des uns avec les autres. Cela ressemble à l'amitié. Et, dans un certain sens, le socialisme est une amitié.

J. O. – *Est-ce que vous vous considérez comme un homme de gauche ?*

E. BERL. – Tout à fait. A moins qu'on ne sache plus du tout ce que c'est qu'un homme de gauche.

J. O. – *Est-ce que le mot gauche et le mot droite ont une signification pour vous ?*

E. BERL. – Certainement. Car enfin il y a un nationalisme de droite que je n'aimais pas du tout. Au fond, pour moi, l'homme de droite est celui qui a des domestiques et qui les méprise. Quand on me parle des vraies hiérarchies, mes poils se dressent : n'est-ce pas un réflexe d'homme de gauche ? D'abord parce que je ne sais pas quelles sont les vraies hiérarchies. Je crois qu'il y en a, mais il faut les laisser s'établir toutes seules, ces hiérarchies.

J. O. – *Je crois que vous venez de donner une réponse qui est quand même une réponse d'homme de gauche. Il y a une chose qui me frappe un peu aujourd'hui, et je voudrais votre sentiment là-dessus : c'est l'idée que la gauche, c'est le progrès. Et vous avez très bien dit : non, la gauche c'est une certaine idée de la justice et de l'égalité, et de l'amitié. Et non pas du progrès : car il peut y avoir un progrès qui est typiquement un progrès de la bourgeoisie de droite.*

E. BERL. – Eh bien, voilà. Je ne suis pas sûr de ne pas être socialiste. Mais je suis tout à fait sûr de ne pas être progressiste. Parce que justement, d'abord le progrès, je ne l'aime pas tant que ça, et en outre, je n'y crois pas du tout. Alors quand on vient me dire que le niveau de vie des hommes va s'élever de 6 % par an tous les ans, je trouve que c'est une espèce de stupidité.

J. O. – *Ce qui est très typique aujourd'hui.*

E. BERL. – Ça me paraît de la pure imbécillité, ça ne veut rigoureusement rien dire. D'ailleurs, il suffit d'avoir mon âge et de se référer à ce qu'était le monde quand j'étais jeune et ce qu'il est aujourd'hui pour voir que la misère a changé de couleur. Elle n'est pas toujours la même et elle est moins atroce qu'elle ne l'était dans ma jeunesse. Je ne suis même pas sûr qu'un Américain, qui est donc à la tête du progrès, soit beaucoup plus heureux que ne l'est un Italien ou un Espagnol. La misère, on ne peut pas en parler. Mais, quand vous n'êtes pas dans la misère en tant que fatalité, alors je ne suis pas du tout certain que le niveau du bonheur réponde à ce qu'on appelle le niveau de vie. On ne compte pas, mettons, l'air qu'on respire. Il est certain que des gens qui habitent un pays de montagne où l'air est très bon, on ne le leur compte pas. Mais quand on l'aura bien empoisonné et qu'on leur distribuera l'air avec des compteurs, par tuyaux, comme moi je l'ai respiré à la guerre quand j'étais dans ma cagna souterraine, cet air nous sera compté, il aura une valeur marchande. On dira que la consommation de l'air a beaucoup augmenté chez les paysans savoyards, qu'en conséquence de quoi leur niveau de vie est infiniment préférable à ce qu'il était avant.

J. O. – *Vous avez parlé de hiérarchie, à propos de ce que vous n'aimiez pas chez les gens de droite. Est-ce que vous ne mettez pas l'intellectuel et l'artiste au-dessus des autres ?*

E. BERL. – Je ne crois pas.

J. O. – *Est-ce que les intellectuels ne sont quand même pas beaucoup plus orgueilleux que les autres ?*

E. BERL. – Ils sont très orgueilleux, mais les autres aussi. Je suis très ami avec Raymond Oliver. Qui malgré tout, avant d'être un intellectuel, est quand même un cuisinier. Eh bien, il est très orgueilleux. Il est aussi orgueilleux que beaucoup d'écrivains.

J. O. – *Quel sentiment avez-vous vis-à-vis de l'Histoire ? Vous avez un sentiment national de l'Histoire, vous vous dites : Ah ! comme c'est bien... ?*

E. BERL. – C'est très trouble. Généralement, il suffit de laisser courir le temps pour que ça se retourne. Qui a gagné la bataille d'Actium ? En principe c'est Octave. Et l'Egypte est conquise. On ne voulait pas en somme que le centre de l'Empire se déplace vers l'est. Or, il s'y est déplacé puisqu'on a fait l'Empire à Byzance. Vous pouvez renouveler l'histoire à chaque coup. Acquitter, condamner, acquitter, condamner, indéfiniment.

J. O. – *Au cours de ces entretiens, nous avons rencontré dans votre vie beaucoup de personnages et beaucoup d'événements. Parmi ces personnages, il y en a un qui exerce sur vous des sentiments qui me paraissent ambigus. Avez-vous connu le maréchal Pétain ?*

E. BERL. – Enfin je ne l'ai jamais vu de près, mais il est sûr qu'il avait une façon de se tenir, de marcher, un visage imposants. Il donnait cette impression de grand calme et de grand amour de son pays, de vieux paysan français qui aimait la France, et d'autre part, il avait été assez économe du sang des soldats en 14 où tout de même j'étais assez fâché qu'il y ait eu des officiers supérieurs pour refuser des citations à des unités combattantes parce qu'elles n'avaient pas eu assez le sentiment de la paix. Les circulaires qu'il a faites pour rétablir la discipline et l'efficacité de l'armée française m'ont paru justes.

J. O. – *En 17, il avait été assez dur avec les mutineries ?*

E. BERL. – Mais non, sans lui il y aurait eu beaucoup plus de mutineries et beaucoup d'exécutions. Non, je crois qu'il a réduit cela au minimum, et aussitôt il a dit ce qu'il fallait dire, que les officiers devaient se rapprocher des soldats, etc. Voilà ce qui m'a un peu trompé, parce que dans l'abrutissement de l'exode de 1940, quand on m'a demandé de venir aider à faire les discours du maréchal Pétain, l'idée de refuser ne m'a même pas effleuré l'esprit.

J. O. – *Vous avez connu Pétain à cette époque-là ?*

E. BERL. – Je ne l'ai absolument pas connu. Il ne m'a jamais vu, il n'a jamais su, peut-être, que je lui avais écrit ses discours. J'en ai écrit deux, c'est-à-dire le deuxième et le troisième message, le premier ayant effrayé certains de ses ministres. Malheureusement j'ai travaillé à cela. Je n'en ai aucune honte. Je le ferais encore si j'avais à le faire, d'ailleurs...

J. O. – *La forme des messages était très belle.*

E. BERL. – Je ne voyais en tout cas pas l'intérêt qu'aurait eu la France à ce que les discours du Maréchal soient aussi truffés d'erreurs que l'avait été le premier avec : « Il faut mettre fin au combat », alors que les combats continuaient.

J. O. – *La France entière a été pétainiste du 16 au 18 juin ?*

E. BERL. – Oh ! Oui ! Même un peu plus longtemps. Quoiqu'il y ait eu des gens qui, en effet, ont eu tout de suite un réflexe de refus. Ils ont eu raison d'avoir ce réflexe. Malheureusement, moi, ce n'est pas ma nature de dire que je n'accepte pas les choses que je considère comme acquises. Comme dire : je n'accepte pas que l'Angleterre soit une île, ou je n'accepte pas que l'industrie américaine soit plus importante que l'industrie brésilienne. J'accepte ce que je crois que je ne peux pas nier. Mais, le fait de l'accepter ne veut pas du tout dire que je m'en réjouisse.

J. O. – *Alors, voulez-vous que nous ne quittions pas le terrain politique, mais que nous sautions d'une guerre à une autre : la guerre israélo-arabe, à laquelle vous avez consacré un petit livre qui s'appelle* Nasser tel qu'on le loue.

E. BERL. – Déjà dans ce livre, j'ai bien dit que, n'ayant pas été nationaliste français, je ne vais certainement pas devenir nationaliste israélien. Alors j'espère que mon petit livre n'est pas nationaliste, parce que je ne désire pas du tout un grand Israël, et encore moins un monde arabe humilié. Je désire, au contraire, qu'Israël se réintègre dans ces Etats arabes qui, après tout, sont eux aussi assez jeunes. Ils sont issus du démembrement de l'Empire turc.

J. O. – *Dans votre livre, ce qui m'a paru l'essentiel, ce qui a paru essentiel à tous les lecteurs, c'est d'abord l'idée de la responsabilité. Qui était l'agresseur dans cette guerre ?*

E. BERL. – Je crois que la notion d'agression est une des plus confuses qui soient. Je crois à la rigueur aux coupables de guerre. Mais je ne crois pas à une guerre innocente. Et je dois dire que, dès la guerre de 14, je pensais que si on instituait une morale publique, le chef de gouvernement acculé à la guerre devrait se suicider au moment où il la déclare. Mais qu'on ne devrait pas tolérer qu'un homme qui a signé que la guerre aurait lieu continue à vivre tranquille. Même s'il avait tout à fait raison de le faire. En temps de guerre, à mon avis, il y a certainement des coupables, je veux bien qu'on les condamne, mais je ne crois pas aux innocents. La plupart des guerres que j'ai examinées dans l'histoire ou que j'ai vécues dans ma vie auraient pu être évitées. La guerre n'est tout de même pas un phénomène physique. Si c'est un phénomène humain, il est inéluctable qu'il apparaisse dans la mesure où l'homme n'est pas maître de son inconscient, comme il a tout à coup des crises de colère qui lui-même le surprennent. Ce qu'on appelle être hors de soi.

J. O. – *Mais dans ce conflit judéo-arabe, qui était finalement le coupable ?*

E. BERL. – A mon avis, les Arabes. Pour une raison très simple : ils ont dit qu'ils voulaient la mort des Juifs et les Israéliens n'ont jamais dit qu'ils voulaient la mort des Arabes. Mais, il va de soi que, si les Israéliens veulent annexer Le Caire après l'avoir détruit, je serais tout à fait contre. Je ne vais pas être favorable à l'expédition d'un Poincaré israélien dans une Ruhr arabe.

J. O. – *Mais enfin, les premiers coups de feu, ont-ils été tirés par les Israéliens ou par les Syriens ?*

E. BERL. – Les Syriens n'ont pas cessé de tirer sur les kibboutz juifs bien avant la guerre des Six-Jours. Alors, à quel moment tire-t-on le premier ? Un coup de feu ou cent coups de feu, avec des fusils, ou avec des canons ? C'est une notion confuse, celle d'agresseur.

J. O. – *Comment voyez-vous les choses maintenant ? Qu'est-ce qui va se passer ?*

E. BERL. – Ah ! Mais j'en sais rien. Je suis juif, mais je ne suis pas prophète. J'espère que les choses s'arrangeront.

J. O. – *Autre guerre : le Vietnam. Est-ce que vous croyez d'abord qu'il y a un lien entre la guerre d'Israël et la guerre du Vietnam ?*

E. BERL. – Il y a un lien entre tout et tout. Bien entendu, j'aimerais beaucoup qu'elle n'ait pas lieu. Et j'aimerais qu'elle cesse. Maintenant, je ne crois pas qu'on aide tellement à sa fin en disant que les Américains ne peuvent que la perdre, doivent l'avouer, s'en aller, demander pardon, parce que, comme je ne suis pas tout à fait sûr qu'ils le fassent, je crois que, si l'on désirait vraiment la paix, il faudrait presser des deux côtés pour obtenir le plus de calme et le plus d'esprit de concession. Il y a un pacifisme pro-vietnamien qui ressemble singulièrement à un bellicisme.

J. O. – *Est-ce que vous auriez aimé mener une action politique directe ?*

E. BERL. – Non, je n'aime pas commander. Je n'aime pas du tout commander et je n'aime pas beaucoup qu'on me commande. Je trouve que l'exercice du pouvoir est de nature à rendre fou. D'ailleurs c'est ce qu'il fait le plus souvent.

X

Testament et quelques regrets

JEAN D'ORMESSON. — *Est-ce qu'il y a quelque chose que vous regrettez dans votre vie ?*

EMMANUEL BERL. — J'aurais voulu avoir écrit des livres plaisants. J'aurais énormément voulu avoir écrit *Les Trois Mousquetaires*.

J. O. — *Evidemment, je ne voudrais pas vous faire de peine, mais ce n'est pas exactement le genre de livres que vous avez écrits.*

E. BERL. — Je dois dire, tout de même, que j'ai eu un accident heureux dans ma vie. J'ai écrit un livre, sans énormément de succès, qui s'appelle *Les Impostures de l'Histoire*. Et Claude Arthaud m'a dit que ça l'avait beaucoup distraite pendant son accouchement, que cela avait un peu calmé ses douleurs, pendant quelques moments. Elle a fait avec moi un autre livre qui s'appelle *Cent Ans d'Histoire de France*. Je crois que c'est un des compliments qui m'ont le plus touché. Il est certain que c'est vraiment très beau de pouvoir distraire quelqu'un qui souffre. Distraire quelqu'un qui a mal aux dents parce qu'on est en train de lui raconter l'Histoire, je trouve cela merveilleux.

J. O. – *Mais pourtant, vous voyez, quand on vous parle, et quand on vous lit, on n'imagine pas très bien que vous recherchiez le grand succès.*

E. BERL. – Mais attention, c'est un signe de ma génération, où nous étions tous comme cela. Drieu aussi. On disait que les gens qui réussissent très bien, c'est Bonnard et que les gens qui ratent, c'est Cézanne. Alors mieux vaut être du côté de Cézanne, de Van Gogh, de Rimbaud que du côté de François Coppée. D'ailleurs je ne désire pas non plus le succès, je ne désire pas la richesse. Et les dons, je n'en ai aucun. J'aurais voulu avoir écrit *Les Trois Mousquetaires*, justement sans succès, c'est-à-dire sans être dévoyé par le succès, comme le fut d'ailleurs Alexandre Dumas, entraîné à faire des bêtises. Je voudrais mieux que ça ne se sache pas, si vous voulez. Avoir écrit *Les Trois Mousquetaires* mais que personne ne le sache ! Clandestinement. Aussi les *Reise Bilder* de Heine. Ou alors *Candide*. Des choses de Voltaire, évidemment, aussi. Il y a aussi les *Essais* de Montaigne que j'aurais beaucoup voulu avoir écrits. Je ne les écrirai pas, d'abord parce qu'il les a écrits, lui.

J. O. – *Et aujourd'hui, qu'est-ce que vous aimez ?*

E. BERL. – Je ne sais pas. Quand on se réfère aux noms que nous venons de citer, évidemment rien. Il y a Proust. Mais depuis Proust et Claudel, je ne pense pas qu'il y ait des gens de la dimension de Heine, ni de Montaigne, ni même d'Alexandre Dumas. J'aime beaucoup Simenon. Mais, tout de même, ce n'est pas Alexandre Dumas parce que, Alexandre Dumas, il y a de la gaieté et que dans Simenon, il n'y en a pas énormément. Simenon arrive à vous attacher, à faire que vous oubliiez un peu votre mal de dents, mais il ne vous rend pas heureux comme *Les Trois Mousquetaires*.

J. O. – *Est-ce que vous avez de l'imagination ?*

E. BERL. – Je serais plutôt comme était Breton qui trouvait déjà difficile de changer le nom d'un personnage. Puisque vous vous appelez Jean d'Ormesson, ce serait bien ennuyeux pour moi de mettre Julien.

J. O. – *Eh bien, pourtant, vous l'avez fait, avec* Sylvia.

E. BERL. – Je l'ai fait parce que je ne pouvais pas faire autrement. Mais non sans scrupules. Et il a fallu que je fasse appel à mon amour de Nerval pour me résigner à cette démarcation. Je suis aussi assez structuraliste. Si vous changez quelque chose, vous changez tout.

J. O. – *Avec ces complexes, avec cette absence de don, avec cette gourderie, avec cette mauvaise santé, à l'intérieur de tout ça, est-ce que vous avez l'impression d'avoir fait, à peu près, ce que vous deviez faire et ce que vous aviez envie de faire ?*

E. BERL. – Je suis très pessimiste sur ma littérature. Mais je crois finalement que je ne pouvais guère faire mieux. Et, là encore, vient le quiétisme de Fénelon. Je dirais volontiers à Dieu : Si tu voulais que je fasse mieux, tu n'avais qu'à m'en donner les moyens. Qu'est-ce que vous voulez ? Ce n'est pas ma faute si je ne suis pas Victor Hugo. Donc on n'a pas à me le reprocher. Mais je n'ai jamais pensé que je le sois. Je ne crois pas avoir des regrets parce que, en fait, j'oublie ce que j'ai pensé, et ce qui est essentiel pour moi, c'est ce que je pense. Le mouvement de mes idées est plus important que l'extérieur de ma vie.

J. O. – *Vous écriviez au début de* Sylvia : « *Ma vie ne ressemble pas à ma vie.* »

E. BERL. – Qui peut dire que sa vie ressemble à sa vie ? Mais moi, ma vie ne ressemble pas à ma vie. Je crois que c'est tout de même assez fréquent. Aujourd'hui je suis très vieux, je ne vois pas, si vous voulez, mes frères, or je devrais en avoir, je ne vois pas non plus mes enfants, or je devrais en avoir. Je ne vois pas non plus mon œuvre comme une œuvre, et elle devrait tout de même en former une. Alors tout ceci fait que j'ai l'impression que je ne me ressemble pas.

J. O. – *Emmanuel Berl, un beau jour, ces regrets auront une fin. Vos souffrances auront disparu, votre mauvaise santé aura une fin. Et puisque vieillir est la seule façon de ne pas mourir, un jour vous ne vieillirez plus et vous mourrez. Qu'est-ce que vous attendez de la mort, qu'est-ce que vous pensez de la mort ?*

E. BERL. – Ah, je ne pense rien du tout. Je suis persuadé que je me dissoudrai tranquillement dans le néant. Naturellement, je ne peux pas mourir complètement, parce que c'est impossible, vous savez bien : il reste vous, d'abord un cadavre, puis un squelette et puis après vos molécules se transforment, et si vous voulez, quand on ne vous enterre pas d'une façon trop hermétique, ça donne des fleurs... Il y a aussi des idées de vous qui se maintiennent ; il y a des images de vous qui se maintiennent ; il y a des gens qui vous regrettent. Et puis, il y a des créanciers qui pensent que vous devriez les payer. L'ensemble maintient une espèce de vie. Et puis tout ça se dissout tranquillement, parce qu'eux aussi meurent, eux aussi vieillissent.

J. O. – *Vous ne comptez survivre que par vos dettes ? Vos livres et vos disques ?*

E. BERL. – Je vous ai dit que je ne croyais pas à la solitude. Je ne serai pas tout à fait mort tant que vous penserez à moi. Et puis il y a un moment où vous n'y penserez plus. Mais enfin, cette dissolution dans le néant est pour moi une absolue évidence. N'est-ce pas très bien ainsi ?

J. O. – *En un mot comme en mille, vous ne croyez pas à l'immortalité de l'âme.*

E. BERL. – Oh ! pas du tout ! Je dirais même que je ne la souhaite pas, même si on me l'offrait, je la refuserais.

J. O. – *Et vous ne croyez donc pas à Dieu ?*

E. BERL. – Je suis tout à fait convaincu que Dieu existe. Si j'avais un regret, ce serait évidemment de ne pas avoir eu des relations meilleures avec Dieu, de ne pas avoir eu plus de foi. J'en ai souffert. A plusieurs moments j'ai rôdé autour de la conversion, quoique je n'aurais tout de même pas renié le judaïsme. Mais enfin, j'étais très inquiété par le christianisme et d'ailleurs aussi par le brahmanisme, le bouddhisme, etc.

J. O. – *Mais est-ce que cette idée que vous avez de Dieu n'implique pas l'immortalité de l'âme ?*

E. BERL. – Dieu n'a pas du tout besoin que j'aie une âme immortelle. Et au contraire, il suffit que Dieu existe, il n'est pas du tout nécessaire que moi j'existe dans l'éternité. Je croyais que l'éternité était un attribut de Dieu, pas un attribut de ma personne.

J. O. – *Mais à quoi s'occupe-t-il, ce Dieu, s'il n'a pas à régner sur les âmes ? Il s'amuse ?*

E. BERL. – J'espère beaucoup pour lui qu'il ne s'ennuie pas.

J. O. – *Vous le voyez un peu comme un Dieu joueur ?*

E. BERL. – Nietzsche aussi le voyait comme cela, et puis les Hindous. Je crois que Shiva ne faisait que danser. Bien sûr que cela ne vaudrait pas la peine d'être Dieu pour s'ennuyer à crever.

J. O. – *Vous seriez peut-être un excellent Dieu ?*

E. BERL. – Peut-être me résorberai-je en lui, mais vous ne le saurez pas. Je mourrai et puis voilà. C'est très simple. Et je trouve qu'on fait beaucoup d'histoires autour.

BIO-BIBLIOGRAPHIE D'EMMANUEL BERL

2 août 1892. Naissance au Vésinet d'Emmanuel Berl.
1899. Mort de son petit frère Jean.
1905. Bar-mitsva par le rabbin Debré.
1907. Mort de son père.
1910. Mort de sa mère. Il rencontre Anna de Noailles et Jean Cocteau par l'intermédiaire de son cousin Henri Franck.
1912. Mort d'Henri Franck. Diplôme d'études supérieures sur le quiétisme de Fénelon.
1913. Etudes à Fribourg-en-Brisgau. Assiste à la première du *Sacre du printemps*. Auguste Rodin, Auguste Renoir et Marcel Proust sont dans une même loge.
1917. Il est évacué du front pour une bronchite suspecte. Rencontre Proust. Convalescence à Nice.
1918. Séjour dans le Béarn chez les Reclus.
1919. Il épouse Jacqueline Bordes.
1922. *Recherches sur la nature de l'amour.*
1925. *Méditation sur un amour défunt.* Liaison avec Suzanne Muzard, qu'il a rencontrée avec Breton dans une maison de la rue de l'Arcade.
1927. *Les Derniers Jours* : journal en collaboration avec Drieu La Rochelle. *La Route numéro 10.*
1928. Il épouse Suzanne Muzard. Sont témoins : André Malraux et Clara Goldschmidt.
1929. *Mort de la pensée bourgeoise.*
1930. *Mort de la morale bourgeoise.* Tournées en province pour le journal communiste *Monde*, avec Henri Barbusse.
1931. *Le Bourgeois et l'Amour.*

1932. *La Politique et les Partis.*

1932-1937. Berl dirige l'hebdomadaire *Marianne*.

1935. *Lignes de chance. Discours aux Français.*

1937. Il épouse Mireille; les témoins sont Jean Nohain et Sacha Guitry. Il publie *Le Fameux Rouleau compresseur.*

1938. *Frères bourgeois, mourrez-vous ? Ding, ding, ding, dong.*

1939. Berl dirige seul un journal, *Pavé de Paris.* Il suit le maréchal Pétain à Bordeaux, puis à Vichy.

Mai 1940. « Je pense que tout est perdu. »

20 au 26 juin 1940. Berl écrit deux discours de Pétain (« Je reste encore éberlué qu'on m'ait tant blâmé d'avoir été munichois et pétainiste à des moments où l'immense majorité de mes compatriotes l'était plus que moi. »)

Juillet 1940. Réfugié à Cannes. Réfugié en Corrèze.

1945. Mort de Drieu. *Histoire de l'Europe*, tome 1.

1946. *Prise de sang. Structure et Destin de l'Europe.*

1947. *Histoire de l'Europe*, tome 2. *De l'innocence. La Culture en péril.* Fréquente Paul Morand à Vevey.

1952. *Sylvia.* Ecrit dans *La Table ronde*, où il reprend le « Bloc-notes » de François Mauriac.

1956. *Présence des morts.*

1957. *La France irréelle.*

1959. *Les Impostures de l'Histoire.*

1965. *Rachel et autres grâces.*

1968. *Nasser tel qu'on le loue. La Fin de la IIIe République.*

1969. *A contretemps. Europe et Asie.*

1971. *Trois Faces du sacré : Vinci, Rembrandt, l'ère des fétiches.*

1972. *Le Virage.*

1974. *A venir*, puis *Regain au pays d'Auge.*

1976. *Interrogatoire*, par Patrick Modiano.

22 septembre 1976. Mort d'Emmanuel Berl.

TABLE

Théodore tel que l'on aime 13

1. Un juif laïc au début du siècle 21
2. Être pacifiste en temps de guerre :
   de 1914 à Munich 51
3. Sylvia 63
4. Mary Duclaux, le jour.
   Proust, la nuit 71
5. Mon voisin Cocteau.
   Seul comme Drieu 85
6. Le gendarme Breton
   met de l'ordre autour de lui 97
7. Où l'on parle de Péguy,
   Gide, Claudel, Henri Franck,
   Valéry, Voltaire 113
8. Un intellectuel désengagé 121
9. « Je ne crois pas
   aux morales absolues » 137
10. Testament et quelques regrets 155

Dans la collection
Les Cahiers Rouges

(dernières parutions)

Lou Andreas-Salomé	*Friedrich Nietzsche à travers ses oeuvres*
Jacques Audiberti	*Les enfants naturels*
François Augiéras	*L'apprenti sorcier*
François Augiéras	*Domme ou l'essai d'occupation*
François Augiéras	*Un voyage au mont Athos*
François Augiéras	*Le voyage des morts*
Marcel Aymé	*Vogue la galère*
Jurek Becker	*Jakob le menteur*
Louis Begley	*Une éducation polonaise*
Julien Benda	*La tradition de l'existentialisme*
Emmanuel Berl	*La France irréelle*
Tristan Bernard	*Mots croisés*
Princesse Bibesco	*Le confesseur et les poètes*
Lucien Bodard	*La vallée des roses*
Alain Bosquet	*Une mère russe*
Jacques Brenner	*Les petites filles de Courbelles*
Charles Bukowski	*Factotum*
Michel Butor	*Le génie du lieu*
Truman Capote	*Prières exaucées*
Hans Carossa	*Journal de guerre*
André Chamson	*Le crime des justes*
Jacques Chardonne	*Ce que je voulais vous dire aujourd'hui*
Bruce Chatwin	*Utz*
Emile Clermont	*Amour promis*
Jean Cocteau	*Reines de la France*
Jean-Louis Curtis	*La Chine m'inquiète*
Léon Daudet	*Souvenirs littéraires*
Degas	*Lettres*
Joseph Delteil	*La Deltheillerie*
Joseph Delteil	*Jésus II*
Joseph Delteil	*La Fayette*
André Dhôtel	*L'île aux oiseaux de fer*
Maurice Donnay	*Autour du Chat Noir*
Robert Dreyfus	*Souvenirs sur Marcel Proust*
Alexandre Dumas	*Catherine Blum*
Alexandre Dumas	*Jacquot sans Oreilles*

Oriana Fallaci	*Un homme*
Ramon Fernandez	*Molière ou l'essence du génie comique*
Ferreira de Castro	*La mission*
Max-Pol Fouchet	*La rencontre de Santa Cruz*
Georges Fourest	*Le géranium ovipare*
Georges Fourest	*La négresse blonde*
Gabriel García Márquez	*L'automne du patriarche*
Gabriel García Márquez	*Récit d'un naufragé*
David Garnett	*La femme changée en renard*
Maurice Genevoix	*Raboliot*
Jean Giono	*Jean le Bleu*
Jean Giono	*Que ma joie demeure*
Jean Giono	*Le Serpent d'Étoiles*
Jean Giono	*Un de Baumugnes*
Jean Giono	*Les vraies richesses*
René Girard	*Mensonge romantique et vérité romanesque*
Jean Giraudoux	*Églantine*
Jean Giraudoux	*Supplément au voyage de Cook*
Yvette Guilbert	*La chanson de ma vie*
Louis Guilloux	*Hyménée*
Jean-Noël Gurgand	*Israéliennes*
Kléber Haedens	*Magnolia-Jules/L'Ecole des parents*
Daniel Halévy	*Pays parisiens*
Knut Hamsun	*Au pays des contes*
Pierre Herbart	*Histoires confidentielles*
Henry James	*Les journaux*
Pascal Jardin	*Guerre après guerre*
Marcel Jouhandeau	*Les Argonautes*
Ernst Jünger	*Rivarol et autres essais*
Franz Kafka	*Journal*
Jean de La Varende	*Le Centaure de Dieu*
Armand Lanoux	*Maupassant, le Bel-Ami*
Jacques Laurent	*Croire à Noël*
G. Lenotre	*Napoléon - Croquis de l'épopée*
G. Lenotre	*Versailles au temps des rois*
Antonine Maillet	*Les Cordes-de-Bois*
Antonine Maillet	*Pélagie-la-Charrette*
Luigi Malerba	*Le serpent cannibale*
Eduardo Mallea	*La barque de glace*
Clara Malraux	*Nos vingt ans*
Heinrich Mann	*Le sujet !*
Thomas Mann	*Les maîtres*
François Mauriac	*Les chemins de la mer*
François Mauriac	*Le mystère Frontenac*
François Mauriac	*La robe prétexte*
Jean Mauriac	*Mort du général de Gaulle*

André Maurois	*Le cercle de famille*
Frédéric Mistral	*Mirèio-Mireille*
Thyde Monnier	*La rue courte*
Paul Morand	*Rien que la terre*
Sten Nadolny	*La découverte de la lenteur*
Gérard de Nerval	*Poèmes d'Outre-Rhin*
Edouard Peisson	*Le pilote*
Édouard Peisson	*Le sel de la mer*
Sandro Penna	*Poésies*
Sandro Penna	*Un peu de fièvre*
Raoul Ponchon	*La muse au cabaret*
Henry Poulaille	*Pain de soldat*
Bernard Privat	*Au pied du mur*
Raymond Radiguet	*Le diable au corps*
Charles-Ferdinand Ramuz	*Le garçon savoyard*
Charles-Ferdinand Ramuz	*Jean-Luc persécuté*
Charles-Ferdinand Ramuz	*Joie dans le ciel*
Paul Reboux et Charles Muller	*A la manière de..., T.I*
Paul Reboux et Charles Muller	*A la manière de..., T.II*
Christiane Rochefort	*Archaos*
Christiane Rochefort	*Printemps au parking*
Auguste Rodin	*L'art*
Henry Roth	*L'or de la terre promise*
Claire Sainte-Soline	*Le dimanche des Rameaux*
Peter Schneider	*Le sauteur de mur*
Victor Serge	*Les derniers temps*
Ignazio Silone	*Fontamara*
Osvaldo Soriano	*Je ne vous dis pas adieu...*
Osvaldo Soriano	*Quartiers d'hiver*
Roger Stéphane	*Portrait de l'aventurier*
Pierre Teilhard de Chardin	*Genèse d'une pensée*
Pierre Teilhard de Chardin	*Lettres de voyage*
Frédéric Vitoux	*Bébert, le chat de Louis-Ferdinand Céline*
Ambroise Vollard	*En écoutant Cézanne, Degas, Renoir*
Kurt Vonnegut	*Galápagos*
Walt Whitman	*Feuilles d'herbe t.2*
Jean-Didier Wolfromm	*Diane Lanster*
Jean-Didier Wolfromm	*La leçon inaugurale*
Stefan Zweig	*Magellan*
Stefan Zweig	*Marie Stuart*
Stefan Zweig	*Marie-Antoinette*
Stefan Zweig	*Souvenirs et rencontres*

Cet ouvrage a été réalisé par

FIRMIN DIDOT
GROUPE CPI

Mesnil-sur-l'Estrée

*pour le compte des Éditions Grasset
en février 2003*

Imprimé en France
Dépôt légal : février 2003
N° d'édition : 12679 – N° d'impression : 62639
ISBN : 2-246-45942-7
ISSN : 0756-7170